O GATO DIZ ADEUS

MICHEL LAUB

O gato diz adeus

Copyright © 2009 by Michel Laub

Grafia atualizada segundo o Acordo Ortográfico da Língua Portuguesa de 1990, que entrou em vigor no Brasil em 2009.

Capa
warrakloureiro

Preparação
Silvia Massimini Felix

Revisão
Carmen S. da Costa
Isabel Jorge Cury

Os personagens e as situações desta obra são reais apenas no universo da ficção, não se referem a pessoas e fatos concretos, e sobre eles não emitem opinião.

Dados Internacionais de Catalogação na Publicação (CIP)
(Câmara Brasileira do Livro, SP, Brasil)

Laub, Michel.
    O gato diz adeus / Michael Laub — São Paulo : Companhia das Letras, 2009.

    ISBN 978-85-359-1421-4

    1.Romance brasileiro I. Título

09-01321   CDD-869.93

Índice para catálogo sistemático:
1. Romances : literatura brasileira   869.93

[2009]
Todos os direitos desta edição reservados à
EDITORA SCHWARCZ LTDA.
Rua Bandeira Paulista 702 cj. 32
04532-002 — São Paulo — SP
Telefone (11) 3707-3500
Fax (11) 3707-3501
www.companhiadasletras.com.br

E és também o que terás perdido.
Jorge Luis Borges

1. O PASSADO E O FUTURO NUMA COISA SÓ

SÉRGIO

O gato é um dos bichos mais vulneráveis da natureza. Uma simples mudança de ambiente faz as defesas do organismo despencarem. Uma dose da vacina contra raiva pode ter como efeito um tumor. Um gato pode ser morto por uma aspirina, fechar a glote se comer certas plantas, ter convulsões se ficar trancado por uma hora num banheiro limpo com Pinho Sol. Quando você põe um gato no colo, sente o coração dele batendo rápido, como se pressentisse todas essas formas de perigo, mas eu ainda não tinha consciência disso quando segurei Valesca pela primeira vez. Eram menos de dois quilos na minha mão, uma altura desproporcional ao tamanho do corpo, um filhote sem unhas, sem dentes, a barriga mole.

Valesca foi um presente de Márcia. Ela insistiu que me faria bem. Márcia sempre insiste, mesmo quando você deixa claro que não está disposto a ouvir, que não tem mais paciência para alguém dizendo, na porta da sua casa, segurando uma gaiola, vestida daquela maneira, que os primeiros dias seriam uma adaptação mútua. Ela falava de Valesca enquanto eu só conseguia pensar, não acredito que isto está acontecendo. Eu costumava dizer ao abrir os olhos, era como uma resolução diária, é preciso entrar no chuveiro e fazer a barba e pôr o mesmo casaco para enfrentar aqueles vinte e cinco alunos, mas pelo menos eu tinha certeza de que na volta estaria tudo em ordem, e eu poderia jantar em silêncio e ler e dormir. Eu não tinha interesse nenhum por animais, eu me arrepiava só de pensar na maneira como um animal se limpa, naquelas caixas de areia que as pessoas têm em suas cozinhas, na indulgência das pessoas diante de um gato, pessoas que não têm amigos, que tratam o gato como um bebê, mas por educação ou preguiça ou inércia acabei concordando com Márcia, e deixando ela andar pelo apartamento com Valesca, e falar com ela no tom infantil dos veterinários, agora estou feliz porque tenho uma casa e um dono.

Muito tempo se passou desde aquele encontro, e parece que estou falando de outro mundo, eu como outra pessoa oferecendo chá para Márcia. Ela continuava imitando Valesca, você precisa me dar banho e colo, botar um laço no meu pescoço, e eu ainda achava que poderia resolver tudo de maneira simples, um telefonema dali a alguns dias, não posso cuidar de um gato, não tenho condições de cuidar de ninguém. Era uma sexta-feira, esta história não era nem sombra do que se tornaria em breve, mas enquanto servia Márcia eu ainda era capaz de me iludir, de ser gentil como se aquela fosse uma situação comum, e não o momento em que a única saída é dizer: nunca mais apareça na minha frente.

MÁRCIA

Não é fácil admitir que as coisas cheguem a esse ponto. Mas o fato é que sempre chegam. Eu sei que não poderia ter bebido, não numa situação daquelas. Mas naquela noite eu não pude evitar. Eu estava nesta festa, quase todos lá eram professores. Quase todos pareciam saber de mim, era como se todos estivessem cochichando a respeito na sala, nos banheiros, todos me vigiando enquanto eu me servia de uma dose de vodca. Eu bebi a segunda, depois a terceira, aí não aguentei mais e tive de sair dali. Eu inventei a desculpa que me ocorreu na hora, disse que não estava me sentindo bem, que precisava ir para casa, ficar sozinha um pouco, e então fui ao encontro dele.

SÉRGIO

Depois da visita de Márcia, eu passava os dias olhando para o gato. Ali estava eu, aos quarenta anos, porque é assim que acabaram todas as pessoas que conheço, um apartamento recém-alugado, um boxe de cortina no banheiro, uma conversa sobre o que fazer com o fato de ter lido os russos e franceses e apesar disso almoçar num bufê por quilo, e tomar café num copo plástico enquanto espera na fila do caixa, e depois escrever artigos e corrigir provas e preparar seminários para vinte e cinco pessoas que só querem se livrar de você. Eu passei a observar Valesca, a maneira como um gato se ocupa. A veterinária diz que eles dormem dezesseis horas por dia. O resto do tempo é uma grande investigação: os mistérios por trás de um elástico, de um inseto que pousa na janela.

Valesca foi o pretexto para que Márcia voltasse a me procurar. Ela dizia que tinha comprado um remédio, uma pasta de malte para que o gato não vomite o próprio pelo, e em seguida perguntava dos meus planos para o sábado, eu faria o de sempre, passar a tarde escrevendo e abrindo a geladeira. Um sábado no novo apartamento era um monólogo sobre dor de estômago ou o conserto de uma dobradiça, e Márcia associava o fato de eu não sair de casa com uma certa disponibilidade para o mundo, como se tudo que eu esperasse fosse outra vinda dela, apenas uma passada para explicar como um gato é medicado. Você põe o remédio no dedo. Você espalha na pata do bicho. É automático: ele vai passar os próximos cinco minutos se lambendo, cada fio, cada naco.

Márcia costumava manter distância ao chegar na minha casa. Aos poucos ela se aproximava, como numa dança de poltronas, até sentar ao meu lado e observar em silêncio aquela fraqueza do gato. Um bicho que sucumbe a uma armadilha simplória, traído por sua própria biologia, e Márcia deixaria Valesca terminar antes de dizer: imagine se alguém puser outra coisa na pata. Imagine se alguém botar purgante. Imagine se puser *veneno*, se o veneno tiver gosto de peixe, a comida preferida de um gato, aquilo que um gato passa a vida inteira buscando, e nesse momento a voz de Márcia seria outra e ela chegaria mais perto e quando eu me desse conta já estaria encostada em mim.

MÁRCIA

Ele não sabia como era depois dos nossos encontros. Ele nunca se interessou pelo que eu dizia em casa, uma santa tomando vinho e atravessando as noites em que eu até parecia outra, e não a mulher que faz o que faz à tarde. Eu tinha trinta anos e me sentia exausta, o tempo passa muito rápido, meu corpo não é mais como antes, meu cabelo não é, minhas pernas não são, mesmo que eu ainda viva sendo olhada pelos homens, como todos naquela festa, todos os dias, em todo lugar, os homens que suam e grudam e cospem e usam terno e gravata. Eu devia achar ótimo me ver livre disso, mas não consigo. Tudo o que sinto quando penso nisso é raiva. A mesma raiva que tenho de Sérgio. A raiva com que cheguei à casa dele no dia da festa. A raiva por ele me receber daquele jeito. Sérgio abriu a porta como se estivesse fazendo um favor. Como se a única responsável fosse eu. Naquela noite foi como se eu me olhasse de fora, ela merece ser tratada assim, ela não vale mais do que isso, o que ele sabe que sou, um pano velho que só deixa de ser pano velho se disser uma frase.

SÉRGIO

Minha relação com Márcia não é exatamente comum, qualquer um pode perceber. Sou escritor, gosto de ler e ficar sozinho, e isso é sempre interpretado como indiferença ou desprezo. Imagine para alguém como Márcia. Eu sempre tomo cuidado com gente assim, os que atraem você com uma fachada pacífica, inicialmente amigável, simpática, disposta, mas que em seguida passam a exigir que você tome conta deles, e acusam você por tudo de ruim que acontece com eles, como se você dependesse disso e esperasse por isso fingindo estar quieto, esquecido, na tocaia para ganhar um presente que inicia todo o ciclo de novo. Apenas um gatinho, claro. Nada que você possa largar na portaria, que se esgote num telefonema de agradecimento. Um gatinho renderá por dias, sempre uma desculpa para trazer ração, xampu, um carpete para afiar as unhas, uma nova coleira antipulgas cujo pacote ficará fechado na cozinha enquanto levo Márcia para o quarto sem nenhuma resistência. É como se aquilo tudo estivesse planejado desde as primeiras visitas, eu atraindo a presença dela com sugestões de novos encontros, novas conversas, tudo para que se sinta à vontade e leve o jogo adiante. Márcia sempre leva. Sempre há uma noite em que isso acaba acontecendo. É uma noite em que estou em casa, me preparando para deitar quando a campainha toca. Eu sei na hora que é ela. Até que eu abra ela não tira o dedo do botão. Eu me espanto ao ver o estado dela, Márcia entra já trocando as pernas, na defensiva porque veio de um encontro com professores, de uma festa, um inferno qualquer de onde ela saiu para me dar a notícia de que estava grávida.

MÁRCIA

Então a culpa passa a ser inteira minha. Sérgio me olha com espanto, mas sabe direitinho como agir. Alguém acha que ele faz escândalo? Que levanta a voz? Claro que não, esta não é a hora para isso. Ainda não é a hora, e por isso ele diz para eu ficar calma, e me oferece um chá, e enquanto ele vai até a cozinha eu tenho cinco anos de idade e preciso ser cuidada pelo meu papai, Sérgio de bermudas, sem camisa, mexendo na geladeira e nos armários, fingindo que procura uma xícara. Papai ganha tempo porque sabe que é o melhor a fazer. A cada minuto cresce o poder dele sobre mim. É tudo o que ele queria, a chance que estava esperando, e ele volta para a sala e agora não há nenhuma dúvida no rosto dele. A máscara dele já voltou agora. Sérgio é de novo o homem que conheço, aquele que vive para isso, que sente prazer com isso, o homem que vai ser capaz de sentar ao meu lado, de também se servir de chá, de tomar goles sem pressa e esperar que eu me sinta segura antes de olhar para mim e dizer que tem um plano.

SÉRGIO

Deixe ver se entendi bem: então é um absurdo que eu tenha pensado nisso. Ninguém no meu lugar pensaria, certo? Ninguém que tenha acompanhado a história e tenha o mínimo de juízo diria, nem que fosse uma vez só, no escuro, sozinho, que talvez fosse melhor, veja bem, quem sabe fosse razoável considerar a hipótese de que Márcia grávida não era a melhor notícia do dia.

MÁRCIA

Porque ele sabe como sou previsível. Eu vou aceitar o papel que ele oferece, vamos ver como ela reage ao ouvi-lo dizer aquelas coisas. A mulher que pede para ouvir aquelas coisas. Que deu as costas para o marido, como Sérgio cansou de saber que eu faria, justamente para vir aqui ouvir aquelas coisas.

TRECHO DO ÚLTIMO ARTIGO DE JORNAL PUBLICADO SOBRE O CASO

Os personagens são Sérgio, Márcia e seu atual marido, Roberto.

ROBERTO

É uma história tão feia que tenho até vergonha de comentar. Não estou falando isso em causa própria. Não foi porque eu desse alguma importância para o que Sérgio pensa ou deixa de pensar de mim, para o que qualquer um diz ou deixa de dizer a meu respeito.

SÉRGIO

Claro, claro, antes de mais nada um homem de princípios. Um homem que sempre se preocupou com Márcia, ele sempre cioso da condição dela. Você certamente conhece alguém como ela, uma mulher de seus trinta anos, uma atriz, e não posso imaginá-la em outra profissão, desde criança com seus bons e maus anos, seus períodos alternados entre crises porque algo sempre dará errado com sua família, com seus colegas de escola, com os colegas de teatro e com a vida depois que ela se convence de que isso tudo acontece porque nunca está protegida, sempre a vítima desses homens inescrupulosos, Márcia que nunca prejudicou ninguém, nunca agiu com qualquer intenção ruim, sempre esperou que as coisas tomassem jeito mas foi esmagada pela crueldade desses homens, foi compelida a reagir e se defender e fazer o que fez porque o pior deles, aquele para quem ela anunciou que estava grávida, esse homem resolveu dizer não a ela.

Às vezes me sinto uma criança tendo de dar tantas explicações. Talvez seja uma espécie de castigo, ninguém mandou eu abrir a porta no dia em que Márcia apareceu com o gato. É como se naquele momento eu estivesse aceitando essa pena, ter de ouvir alguém como Roberto fazendo considerações sobre o caso. Eu posso imaginar Roberto escrevendo a respeito, décadas de equilíbrio e de rígidos padrões, não é disso que todo imbecil se orgulha? Basta ser um imbecil, e o seu primeiro orgulho será a firmeza de caráter. É a conversa que se ouve em qualquer esquina, secretárias enchendo a boca para criticar algum cantor de televisão que esqueceu os antigos amigos assim que fez sucesso, alertas da vizinha sobre o marido mulherengo que foi visto dando carona para a magricela da farmácia: eu quase posso ouvir a gravidade de Roberto dizendo que não tive tato quando soube da gravidez de Márcia. *Tato*: a qualidade que falta a quem, como única resposta a Márcia, fala de uma clínica conhecida. Uma clínica discreta. Um lugar bom e seguro para onde eu a arrastaria naquela semana mesmo, quem sabe naquele dia, no minuto seguinte às consultas e exames obrigatórios para que eu pudesse enfim me livrar dela, o que você nunca faria, não é mesmo, Roberto?

Quer dizer, como você acha que funciona? Márcia grávida poderia significar uma mudança, e da noite para o dia o passado não existiria mais? Um estalo, e Márcia e eu seríamos transportados para uma época anterior, duas pessoas que se conhecem há muito tempo e saem juntas para almoçar num domingo de chuva?

Há manhãs em que a cidade inteira parece um cenário premonitório, as poças d'água, os pedestres, as lojas fechadas e o caminho livre até uma cantina onde um grupo de professores vai testemunhar o início de uma tragédia. Roberto talvez pensasse que a gravidez de Márcia me transportaria imediatamente para aquele domingo, eu a levando ao almoço, como se eu pudesse esquecer o que começou a acontecer ali, o que eu passei entre aquele dia e a conversa sobre a clínica, o que fui obrigado a ver e a ouvir desde que entrei com Márcia na cantina, e cumprimentei Roberto, e fiz o papel do marido que apresenta a mulher para um tipo assim.

MÁRCIA

Ninguém imagina como era ser casada com Sérgio. Ninguém sabe o que é levantar de manhã, olhar para ele e às vezes ficar por um tempo interminável ali, ao lado da cama, ao mesmo tempo querendo e não querendo que ele abrisse os olhos. Porque no instante em que Sérgio acordasse tudo passaria ao seu comando, e eu de novo seria o coelhinho que apita quando ele manda. Este é Roberto, Sérgio diria na cantina. Roberto foi meu aluno. Roberto agora está dando aulas. Então eu sorri de volta.

Não posso dizer que minha impressão foi ruim. Nunca é ruim, posso garantir. Todas as vezes em que me envolvi com alguém foi assim, eu só descubro a armadilha quando não dá mais tempo de nada. Com o próprio Sérgio, quanta coisa poderia ser evitada. Quantos anos até eu descobrir o significado dos jogos dele, da dissimulação. Eu sempre tive essa sensação com as pessoas ao meu redor, em casa, no trabalho, o mundo inteiro querendo se vingar porque eu não era como aquelas atrizes gordas e aqueles diretores velhos e aqueles bêbados e vampiros que nunca fizeram outra coisa que não tentar tirar um pedaço de mim, mas com Sérgio foi diferente desde o início. Com ele foi ainda pior. Ele esperou que eu fizesse o serviço sozinha, e nisso eu sou especialista. Ninguém mais do que eu tem a vocação para isso. Ninguém se preparou tanto para isso. Então é natural que eu tivesse conversado com Roberto no almoço. E reparado que ele era gentil, e bonito, e próximo.

SÉRGIO

Sei que é difícil aceitar, qualquer um que olhe para ela tem uma impressão oposta, uma mulher tão bonita, que chama tanta atenção por onde passa. Não há muito a dizer sobre o poder da beleza, é o que faz qualquer um vir abaixo a um simples aceno de Márcia, uma criança que qualquer um tem vontade de botar no colo e aproveitar cada suspiro, cada lágrima. Talvez nem mesmo eu acreditasse que uma mulher assim estivesse manipulando tudo à sua volta. Uma mulher que apenas responde, casualmente, e não tenha dúvidas de que o tom de voz está ajustado na frequência correta, entre a petulância e a fragilidade, um leve tremor de inocência prestes a ser desmascarada, ela diz que Roberto foi muito simpático durante o almoço e na hora percebe a minha reação.

ROBERTO

Até hoje não consigo acreditar nos motivos dele. Já achei que fosse por culpa, como se ele tivesse capacidade de sentir algo do gênero, mas hoje tenho certeza de que foi por vaidade. É como se ele estivesse querendo se mostrar como alguém que fez todo o possível, como se fosse uma vítima também, Sérgio, o escritor atormentado, o homem que precisa desabafar e receber os louros por ter passado por tudo isso.

SÉRGIO

Ele se acha no direito de me julgar, o que chega a ser divertido. Um juiz que se considera acima de qualquer suspeição, que não se vê envolvido numa história que começa, bem, quando ele pede o telefone de uma mulher num almoço. Não uma mulher comum, vamos ser claros, mas a mulher do professor que ele conhece há tanto tempo. O professor que orientou sua tese de doutorado. Que se tornou amigo dele. Que costumava fazer confidências a ele, algumas mais discretas, outras menos, e ele acha que não há nada de errado em pedir o telefone, mesmo que ao ouvir essas confidências Roberto tenha se comportado daquela forma, que tenha fingido ser daquele jeito, o ex-aluno leal ao ex-professor, o interlocutor que se abstém de dar conselhos, esperando que eu chegue às minhas próprias conclusões sobre o que fazer com aquele casamento.

ROBERTO

Você entende do que estou falando? Depois de tudo o que foi dito, depois de todo o tempo que teve para refletir minimamente sobre o que fez, ele é incapaz de concluir algo mais do que isso, de me acusar de algo mais grave que isso.

SÉRGIO

Quanto espanto, não é mesmo? Ainda mais vindo de um sujeito que nunca usou trampolim algum. Antes do concurso para professor, por exemplo, Roberto foi tão correto, tão atento às regras. Ele foi tão cuidadoso, vocês precisavam ver, tão discreto, um ensaio diário para não deixar o assunto enveredar para esse lado, nem mesmo uma palavra, nem mesmo o nome dos integrantes da banca que faria a avaliação oral do concurso, nem mesmo a admissão de que ele sabia quantos eram, quem seriam eles, o endereço de cada um, a carteira de identidade, de alguns deles ele sabia até mais do que isso.

Eu me lembro bem da prova oral de Roberto. Da prova

escrita eu acho que todos se lembram, aquelas boas respostas, aquela boa média, embora um pouco inferior à de outros dois ou três candidatos, ou seriam quatro? Não é fácil lembrar dos números, embora das circunstâncias a gente não esqueça: três ou quatro candidatos fortes, Roberto sendo um deles, claro, afinal se tratava de alguém muito estudioso, dedicado, inteligente, emocionalmente seguro, as virtudes capazes de fazê-lo se destacar de imediato, mas quem sabe não chegar em primeiro, nem em segundo, nem em terceiro, e quem sabe compensar isso pelo fato de que esses três ou quatro concorrentes eram alienígenas, por assim dizer, gente de fora da faculdade, gente que veio de outros estados, de lugares que você nem sonha, onde jamais foram orientandos de nenhum professor da banca, onde jamais fizeram amizade com ninguém da banca, uma relação afetuosa que talvez possa ser retribuída com um ponto a mais na avaliação oral, aquele que compensa a nota da prova escrita, um ponto subjetivo, vindo de uma resposta um pouco mais completa na opinião de quem está na banca, ainda mais quando quem está na banca é o seu ex-professor, o seu amigo, o seu primeiro e último confidente.

ROBERTO

Eu acho que só aí já dá para ter uma ideia de quem ele é.

SÉRGIO

Se eu sei que Roberto não recusou a ajuda na prova, que assumiu o cargo de professor consciente de que não merecia, e não era possível uma diferença tão grande nas notas orais, uma diferença que só se deveu à avaliação de um dos integrantes da banca, justamente eu, então não posso concluir que Roberto poderia, sim, fazer algo parecido comigo? Algo parecido com Márcia?

ROBERTO

Um sujeito que projeta suas fantasias sobre os outros sem se importar com o custo. Foi só por isso que entrei no mérito da questão. Se não, eu o deixaria falando sozinho. Isso nada tem a ver com o fato de ele me tratar com aquela intimidade, como se tivéssemos sido amigos de verdade um dia, como se ele soubesse de qualquer suposto segredo meu, mas com o fato de que eu tenho algum senso moral. Não é só uma questão minha e de Sérgio. Não foi só porque ele nunca se deu conta do que estava se passando. Sérgio nunca entendeu por que Márcia ficou comigo. Não foi porque eu quisesse prejudicar alguém. Talvez Sérgio não saiba até hoje, e isso não importa de qualquer forma, mas é assim que as coisas funcionam. Não foi prova oral alguma, não foi traição alguma, não foi nada que a imaginação dele possa ter concebido para justificar algo simples, o fato de que houve uma ligação entre mim e ela naquele almoço em que a conheci. Você já teve uma ligação assim com alguém, Sérgio? Você já gostou de alguém além de você mesmo? Você já parou para pensar que Márcia pudesse ter interesse em ser tratada como alguém digno, e não como um animal, e que tivesse urgência em fugir de você, da sua empáfia, da sua doença?

MÁRCIA

Eu demorei para perceber, mas não havia como não enxergar. Durante todo o nosso casamento estava tudo ali, na minha frente. Bastava uma conversa com Sérgio. Bastava ler uma entrevista dele. Eu me lembro de uma cena horrível, nós dois na sala e o jornal aberto, uma página com a foto dele. Era uma entrevista sobre o primeiro livro dele, e eu li aquilo com ele ao lado, fingindo que estava distraído, olhando para a janela e comentando que o dia estava bonito, como se ele alguma vez tivesse sido capaz de reparar em algo assim, o céu, as nuvens, como se alguma vez Sérgio tivesse feito outra coisa que não me observar à distância, sem pressa, sabendo que eu ia cair na armadilha dele, espiando para conferir minha reação às coisas que ele dizia para aquela repórter, eu sabendo que aquilo tudo no fundo era um recado para mim.

TRECHO DA ENTREVISTA DE SÉRGIO

Uma vez li um conto em que o narrador perguntava: se você pudesse escolher ter passado ou não por um campo de concentração, o que faria? Digo, passado incólume, ter sobrevivido e uns anos depois viver apenas com essa lembrança, poder transformá-la em material para um romance, uma obra que dará a você todas as glórias possíveis. Se você tivesse a garantia de passar os próximos cinquenta anos, a vida inteira como um artista reconhecido, aquilo com que sonhou desde criança, não toparia um ano ou dois em Treblinka? Você abriria mão da glória e do conforto futuro por causa de um breve período traumático?

MÁRCIA

Eu imagino a repórter olhando para Sérgio. Ela pode ter achado ridículo, o delírio de mais um pobre coitado que se acha melhor que os outros, mas talvez tenha ficado com medo. Eu ficaria com medo. Era como me sentia o tempo todo, tentando me convencer de que ele não era o que era. Sérgio guardou essa entrevista numa gaveta. O que saiu sobre o primeiro livro dele estava ali, reportagens, críticas, fotografias, tudo trancado como que para esconder um segredo, mas é claro que encontrei a chave. Era uma dessas gavetas altas, com espaço para muitos papéis, e este é o melhor retrato do nosso casamento, eu investigando o que havia na gaveta além daqueles recortes inocentes, sem nada a fazer que não descobrir mais e mais pistas da loucura de Sérgio. Sem alternativas que não entrar também nessa loucura. Porque dar o telefone para Roberto era mais que uma provocação. Esperar pela ligação era incitar o pior de Sérgio. Uma prova, e não tenho por que me envergonhar disso, do quanto eu estava submetida a ele.

OUTRO TRECHO DA ENTREVISTA

Mas não sou eu que está dizendo isso, é o autor. Pense na mulher que foi estuprada. Que sobreviveu ao estupro, claro. O conto fala de uma personagem que teve comprometimento dos rins, que até precisou fazer diálise, mas nem precisava ir tão longe. Pense numa mulher saudável, sem sequelas. Uma mulher com marido e filhos. Eu olho para você e penso: o que seria mais interessante, alguém como você aparenta ser ou alguém que passou por uma dessas antes? Você acha que a conversa seria mais rica com quem? Não só para mim, mas para você mesma. Pense em você com setenta anos, olhando para trás. O.k., você vai ficar velha mesmo. Talvez seus filhos não a visitem com a frequência esperada. Talvez nem apareçam em sua casa. Talvez tenham roubado a herança que seu marido deixou. Há tantas chances de as coisas darem errado, a cada ano essas chances aumentam, aos setenta é quase impossível que algo assim não tenha acontecido, se não é o abandono pode ser o câncer, o derrame, a esclerose, vai saber quanta degradação é possível num único corpo, então pergunto se não pode ser melhor ter passado por algo assim antes. Não *algo assim*, perdão. Algo ainda pior. Algo que deixe você preparada de verdade. E faça você saber que é capaz de superar qualquer coisa, até perder um rim por causa de um estupro aos vinte anos. Ou aos vinte e cinco. Ou aos trinta. Quantos anos você tem mesmo?

MÁRCIA

Durante todo o nosso casamento, eu não fui mais que a cobaia de Sérgio. Tenho certeza de que ele sabia que Roberto era insistente. Quer dizer, a gente falava todo dia ao telefone, e tenho certeza de que Sérgio esperava por isso, eu contando para ele sobre as propostas de Roberto. Eu saindo com Roberto as primeiras vezes, tão estranho, a conversa dele sempre amena. Nós saíamos para tomar cerveja. Roberto falava da rotina da faculdade. Era só um aquecimento, uma espera dele para que a bebida começasse a fazer efeito. Logo fazia, e de repente o constrangimento passava. Então eu falava de mim, e Roberto era todo ouvidos. Ele como que esperava pelo momento em que eu despejaria tudo, e então era como se eu pudesse ser uma mulher como qualquer outra, aquilo que nunca tive com Sérgio, uma mulher que conta o que fez na semana, o filme que viu na televisão, o que pensa do casal na mesa ao lado e da voz de Roberto no telefonema que me fez rir no meio da tarde. Há muito que um homem não me fazia rir. Há muito que ninguém me elogiava como Roberto. Só que enquanto eu bebia com Roberto, e às vezes só um pouco é suficiente, ainda mais se estou triste e de estômago vazio, enquanto isso eu pensava em Sérgio. Era como se Sérgio estivesse no fundo do bar, com uma câmera na mão, filmando o sorriso que eu dava para Roberto não sei nem como, a simpatia que eu conseguia arrancar não sei nem de onde, uma mulher de trinta anos, sozinha, perdida antes mesmo de responder a Sérgio, depois, ao chegar em casa, sobre onde eu havia jantado e o que havia dito a Roberto.

Sérgio nunca demonstrou interesse algum pelo que eu fazia ou deixava de fazer. Então, quando passou a perguntar sobre esses encontros, é óbvio que o nosso casamento entrou numa nova fase. Eu fazia questão de contar como Roberto era gentil. Ele sempre me buscava e trazia de volta. Ele sempre se despedia de mim com um beijo no rosto, e eu tinha a impressão de que nesses momentos Roberto ficava estático, olhando nos meus olhos, nós dois no silêncio do carro esperando por um gesto mínimo. Era só eu virar um pouco para o lado. Só ficar com a mão no ombro dele por alguns segundos a mais. Só arrastar a mão pelo ombro dele, e quem está tão vulnerável se agarra a qualquer coisa. Eu me agarrava a qualquer sinal, qualquer migalha que signifique atenção para quem está assim, entregue, esperando apenas que Roberto tome uma atitude dentro do carro mesmo.

SÉRGIO

O que fazer quando sua mulher conta uma história dessas, quando usa essa história para sabotar a si própria? Não tenho dúvida de que foi essa a intenção de Márcia. Desde que ela começou a me vigiar não havia outro final possível. Imagino Márcia sozinha, bisbilhotando na minha gaveta, e os instintos de destruição dela vindo à tona, a necessidade de arrastar para o abismo tudo que está ao redor. Foi ali que ela decidiu ter um caso com Roberto. Mesmo que ela nem o conhecesse ainda, a ideia de alguém como Roberto era perfeita. Alguém tão previsível como ele, um aproveitador tão barato, o pretexto para Márcia se ajoelhar diante de mim, a vítima indefesa de sempre.

Na época do almoço dos professores, eu já estava um pouco cansado do teatrinho dela. É bem provável que eu pudesse ter evitado o constrangimento, Roberto no papel que se espera dele, o de telefonar para Márcia nas minhas costas, mas eu não tinha mais ânimo para impedir que a farsa fosse armada. No fundo, os dois se mereciam. Eu apresentei um ao outro, reparei como eles conversavam, como sorriam à distância, eu tendo ido ao banheiro ou à mesa vizinha conversar com algum dos amigos de Roberto, com alguma das testemunhas daquela cena patética, Márcia querendo se aproveitar de Roberto, porque é óbvio que ela usaria cada frase dele, que naquela noite mesmo ela começaria a dizer que ninguém no mundo era tão atencioso como ele.

Eu já estava um pouco cansado das chantagens de Márcia, das defesas prévias dela, do conceito dela de envolvimento e atenção, a bíblia de procedimentos que eu deveria seguir a cada minuto do dia até que as diretrizes mudassem em função da guerra dela consigo mesma, quando nada do que eu fizesse ou dissesse apagaria a impressão de que vim ao mundo para torná-la ainda mais infeliz. Ela falava de Roberto como se isso fosse me atingir, como se eu não percebesse o grau de dependência dela. Se eu dissesse quem era Roberto, ela não olharia mais para ele. Se eu dissesse como ela estava sendo idiota ao cair no conto de Roberto, não tenho dúvidas de que ela acreditaria em mim. Mas eu não quis passar esse recibo. Eu quis ver até onde os dois iriam. Eu esperei que ela fosse muito mais convincente do que havia sido. Era como se eu dissesse a ela: você pode se esforçar muito mais. Você passou o último ano abrindo diariamente a minha gaveta, então sabe que não vou me contentar apenas com isso, um mero elogio a Roberto, um mero disfarce na hora de atender um telefonema à noite, quem sabe um horário combinado com ele para que eu estivesse em casa, para que do escritório eu escutasse Márcia falando baixo, laconicamente, e em seguida desligando e vindo falar comigo com uma cara dissimulada.

Vamos, Márcia, você é capaz de ser um pouco mais sofisticada. Você já não descobriu todos os meus segredos? Então faça uso deles, e não essas brincadeiras de marido e mulher. Você não quer que sejamos apenas *marido e mulher*, não é mesmo? Não quer que eu passe no supermercado antes de voltar do trabalho, que tenha uma lista de compras no bolso e até lembre de encher o tanque e ligar para um sobrinho que está de aniversário em outra cidade, não é mesmo? Você quer que eu seja outro tipo de homem, confesse para mim, ninguém está ouvindo, um homem que dá corda para o seu pequeno show, que responde educadamente quando você fala de Roberto, e não são poucas as ocasiões em que isso ocorre, uma semana depois do almoço e nosso principal assunto parece que se tornou este, a história de Roberto, eu contando como o conheci e como era dar aula para ele, eu chegando a fazer elogios a ele, dizendo que ele tinha se tornado meu amigo, tudo para não estragar o seu conto de fadas, que a essa altura já me divertia à beça, e enquanto eu seguia com as mentiras sobre ele você perguntava, sempre inocentemente, sempre esperando por nada, não é assim que funciona, Márcia?, você perguntava e perguntava quando é que eu faria um convite para Roberto jantar na nossa casa.

MÁRCIA

Então ele não responde. Ele manipula o tempo inteiro. Ele sabe que vou ceder mais cedo ou mais tarde. Que sempre estive à mercê dele. Quer que eu insista no assunto? Eu insisto. Quer que eu fale sobre isso no seu ouvido, no meio da noite, até que no escuro mesmo eu perceba a sua cara, um instante antes da primeira reprimenda em meses e meses de desprezo? Não tem problema, Sérgio, estou acostumada a me sacrificar por você.

Mesmo no escuro, quando afinal você levanta de súbito, possesso por eu tê-lo provocado de novo, eu sei que é hora de me oferecer para isso. O que você quer? Um dedo? O braço inteiro? Estou ao seu lado no patíbulo, você com os ombros erguidos, e é quase com alívio que recebo suas primeiras ordens, sua voz firme que atravessa a noite e transforma o passado e o futuro numa coisa só. Você diz: este lugar está uma bagunça. A casa parece uma pocilga. Amanhã quero você acordada cedo, os móveis brilhando, nenhum grão de sujeira na sala, porque à noite vamos ter uma visita.

SÉRGIO

Eu imagino Roberto vindo de metrô, porque não poderia ser diferente. Para ser completa, esta comédia tem de ter alguns lances típicos: Roberto como o professor recém-empossado, ainda sem veículo próprio, sentado num vagão quase vazio. O professor ascendente lendo aqueles anúncios sobre passagens aéreas com desconto ou uma escola de idiomas que promete resultados em quarenta e oito horas. O professor ascendente se preparando para trair o seu melhor amigo, aquele que o pôs no cargo, aquele que o apresentou à mulher. O professor ascendente que é a imagem da própria pequenez ao caminhar devagar pelas ladeiras do nosso bairro, um pangaré em busca de um pouco de alfafa, vamos, Roberto, é hora de passar pelo ritual: logo você tocará o interfone e eu o receberei fingindo que não percebo sua gentileza falsa, bovina, de quem chega levando uma garrafa de vinho e puxando conversa como se fosse passar por aquilo tudo incólume, sem ter de pagar o pedágio por conta da loucura de Márcia.

ROBERTO

Você pode imaginar o dano que alguém assim pode causar? Se do outro lado estiver uma pessoa suscetível como Márcia, há como sair incólume de um casamento como este?

SÉRGIO

Então você vai até a cozinha. Márcia está preparando um prato de salada. Você é tão obtuso, Roberto, que não percebe onde está entrando. Você acha que está numa casa de família, onde a mulher usa vinagre e azeite, e não um molho feito de veneno, um feitiço que vai infernizá-lo pelos próximos anos, independentemente do conforto daquela casa, ali onde você vai morar por um curto período, o tempo suficiente para fazer você se arrepender pelo resto da vida. Porque você vai pagar o preço. Você não se conformou em ser ajudado por mim na prova, não é mesmo? Você não se sentiu digno disso. Você se sentiu humilhado por isso. Você pôs a culpa em mim por isso, não é mesmo? Eu posso imaginar seu rancor por mim, eu que sou o único que sei quem você é, o seu complexo de escravo, sua inveja do que eu sou, do que eu consegui, então você se aproveita de uma fraqueza para tentar acabar comigo. Para tomar o meu lugar, não é mesmo?

ROBERTO

Porque eu não tenho nada contra as fantasias de ninguém.

SÉRGIO

Eu devia lamentar o destino de Roberto, alguém relativamente jovem se metendo com uma pessoa como Márcia. Mas não há por que ter pena dele. Desde aquele primeiro momento, eu do lado de fora da cozinha, os dois fingindo que era uma conversa comum, ela dizendo que cortou o tomate em rodelas e que tinha comprado uma vagem fresca não sei bem onde, ali ele já mostrava quais eram seus planos. Ali eu percebi onde tudo acabaria, o uso que Roberto faria das nossas conversas dos anos anteriores. Não as que ele usou para se aproveitar de mim na prova oral. Não as que alimentaram o ódio dele por mim. Não as que o impulsionaram a se vingar de mim primeiramente, mas as outras, as conversas íntimas. As que eu falava sobre Márcia. As que eu falava da minha relação com ela, sobre o que ela e eu fazíamos em segredo, e até hoje eu não sei como fui tão idiota a ponto de confiar em Roberto.

ROBERTO

Não quero saber dos crimes de ninguém, dos desvios, da mesquinharia. Acho que cada um deve saber até que ponto pode conviver com a própria vergonha e o próprio passado, desde que não interfira na liberdade dos outros. Desde que não destrua a vida dos outros. Desde que conscientemente não planeje fazer isso.

MÁRCIA

Ninguém imagina o que era ser casada com Sérgio. Um homem capaz de esperar a noite inteira, o rosto impassível, manipulando para que eu caísse na armadilha ali mesmo, de um jeito que ele conhecia bem. Tantas vezes eu tinha mostrado a ele, e tantas vezes ele tinha sentido prazer em ver. O prazer sádico dele, a obsessão de Sérgio, pedindo em silêncio que eu fosse mais ousada e servisse o prato de Roberto, e pusesse mais vinho na taça de Roberto, e sentasse de frente para Roberto. Sérgio vigiava cada movimento meu. Por dentro ele fermentava. Por dentro ele estava quase pronto. Ele só esperava que Roberto fosse embora para explodir de novo, a fúria dele no meio da madrugada, o meu corpo recebendo a vingança dele de uma vez só, assim, como quem não sabe o que fazer comigo, como quem precisa acabar comigo desde que li as revistas que ele escondia na gaveta.

SÉRGIO

Eu digo que os dois se merecem porque eles usam o mesmo método. Eles descobrem algo sobre você, e a partir daí acham que o têm na mão. Se você tiver alguma fraqueza, tanto

Márcia quanto Roberto vão farejar de longe. Os dois vão se insinuar de tal forma, e no início não se nota o perigo, que quando você percebe já está completamente enredado, eles usando aquilo contra você, mesmo que seja um segredo privado, que não afeta a vida de ninguém, que possa ser mantido pelo resto dos anos ali, represado numa zona cômoda, um apêndice que irá para o túmulo sem afetar o que você é a maior parte do tempo, você que não é diferente de ninguém, você que acorda, come, dorme, finge que seu trabalho tem alguma importância, finge que sua vida vai deixar alguma marca, eu já falei disso naquela entrevista, você que agora é apenas velho, sujo, pobre, doente, um espelho do que as pessoas serão em pouco tempo, e é por isso que elas não olham, ou não falam, ou não pensam, ou sentem nojo.

TRECHO DE RELATO EM REVISTA ESCONDIDA POR SÉRGIO NA GAVETA

Sou casado há dez anos. Minha esposa tem um metro e setenta e um. Ela é morena, tem cabelos lisos e pernas longas. A boca é carnuda e está sempre pintada de batom vermelho. Gosto de vê-la usando roupas sensuais, por isso costumo presenteá-la com biquínis, minissaias e sapatos de salto alto. O que é bonito tem de ser mostrado, é o que sempre digo. Na rua, ela chama bastante atenção. Numa obra perto de casa, onde ela passa todos os dias antes de tomar o ônibus, há um pedreiro muito atrevido. Bastou ela virar a esquina, e ele começa a mexer com ela.

SÉRGIO

Eu nem me esforcei para explicar, porque no fundo não há o que dizer. Às vezes só resta desistir, você flagrado, várias revistas com esse tema, as mesmas histórias, sempre um pedreiro ou porteiro ou vizinho que por acaso andava só de toalha pelo quintal na frente da mulher do narrador, o que eu teria a acrescentar? O que fazer além de lamentar que Márcia tivesse se intrometido nas minhas coisas, como se fosse descobrir algo muito mais importante do que o fato de, sim, eu comprar essas revistas, nem sempre com gosto, quase sempre sem nenhum entusiasmo, porque a grande maioria daqueles relatos se repetia, basta ler um parágrafo, às vezes a primeira frase, o suficiente para saber onde tudo iria parar, *minha esposa e eu estávamos de férias em Porto Seguro*.

De certa maneira, eu poderia reproduzir o que aconteceu entre nós da forma como esses relatos se apresentam. Eu vivia com Márcia havia muitos anos. Eu a conheci na época do meu livro de estreia, embora isso pouco tivesse a ver com algum interesse dela. Márcia jamais leu uma linha do que escrevi. Para falar a verdade, eu até preferia assim. Era um assunto sobre o qual eu tinha alguma preguiça, um livro que teve meia dúzia de resenhas, e foi traduzido para meia dúzia de países, e esgotou a primeira edição em meia dúzia de anos, e pronto, sumiu na água como todos os outros de sua estirpe, livros que valem apenas um convite para uma palestra, a participação numa feira numa capital desinteressante, uma entrevista para um jornal editado por analfabetos, um elogio de alguém que não sabe do que está falando, eu estava sinceramente cansado de tudo isso quando conheci Márcia e, bem, não sei como pude pensar que daria certo. Eu não sei como casei com ela, porque desde o início eu tinha uma ideia clara sobre quem Márcia era. Basta uma conversa, e você percebe. Basta alguma vez ter ouvido alguma história sobre uma pessoa que travou de repente, que passou o resto dos dias à base de medicamentos ou isolada numa área de segurança para que não desse cabo de si mesma, o seu destino natural, insinuado em cada fala sua, na própria respiração, basta uma única vez ter imaginado algo assim para que você se afaste imediatamente de Márcia. Mas não foi o que fiz. Talvez fosse outra das punições necessárias, anos e anos esperando que Márcia cumpra o seu destino e enfim confesse que mexeu na minha gaveta. Foi quando o relógio começou a correr. Um caminho sem volta até que acabássemos ali, com Roberto à mesa de jantar.

Eu também poderia reproduzir aquela noite como um dos relatos das revistas, as peripécias de um marido que leva a mulher ao ginecologista e fica espiando a consulta pela fechadura, ou da sacada no prédio vizinho, e não seria muito diferente de Márcia em casa, servindo Roberto, dizendo que não sabe se o risoto está no ponto certo porque é a primeira vez que ela faz essa receita. Márcia se divertia com isso sem por um instante se distrair de seu número, ela sentada de frente para Roberto, eu ao seu lado como um vigia, a autoridade que ela esperou para ludibriar, era o talento dela, a vocação que estava apenas esperando para desabrochar, os movimentos dela como se eu não soubesse, como se eu não pudesse adivinhar algo tão previsível, ela tirando o sapato, esticando o pé por baixo da mesa, sentindo os pelos de Roberto, subindo devagar pela perna, olhando para mim como quem pergunta:

MÁRCIA
Não era isso o que você queria?

SÉRGIO
Então ela começa a respirar mais alto. Ela *respira pesadamente*, como se diz nas revistas, e é essa respiração que deveria me acompanhar pelos próximos dias, quando Roberto já tiver ido embora e a casa já estiver limpa e nós estivermos deitados na cama antes de dormir, a televisão ligada, os dois fingindo que não é o momento em que me encontro mais vulnerável,

sim, eu que até agora me mantive quieto, que agora estou nas mãos dela, apenas o fio do novelo, um aceno se ela quiser.

Não sou o primeiro marido a guardar essas revistas escondidas, chaveadas numa gaveta, como um menino de doze anos, mas não é disso que estou falando. Não foi apenas o fato de ser descoberto, e quem nunca espiou fotos de enfermeiras de sutiã, seus pacientes vestindo fraldas, sorrindo para o mundo como se não tivessem pais, irmãos, quem sabe uma carreira no serviço público? Meu problema com Márcia não foi ela ter descoberto a chave da gaveta, mas o uso que ela fez da informação. Qualquer outra pessoa teria deixado passar, como quando você flagra um conhecido fazendo algo ruim, e você imediatamente disfarça, ou então deixa passar algum tempo e toca no assunto com cautela, como quem fala para uma criança, o filho de um conhecido que roubou um picolé na escola, você quer apenas que ele saiba que você sabe e que não está confortável com a situação, e não pode ser mais do que isso porque ele já está suficientemente constrangido.

Só que Márcia não é esse tipo de pessoa. Ela jamais pensaria em como isso era embaraçoso para mim. Ela só conseguiu pensar na chance de me enredar com isso, de fazer disso uma arma para tentar nem sei bem o quê, talvez me manter junto a ela, talvez fazer que eu passasse o resto da vida sendo infeliz ao lado dela, como uma chantagem, a maldição a que ela e eu tínhamos sido condenados.

Eu duvido que ela não soubesse que meus hábitos tinham pouco a ver com escolhas. Se dependesse de vontade, é claro que eu não passaria por aquilo. É claro que eu seria alguém muito diferente, um bom marido que vai do trabalho para casa e conta os anos para morrer tranquilo, depois de uma vida de realizações com o trabalho e a casa e os sogros e os cachorros, e não alguém que cede a um impulso, um instinto que apareceu sabe-se lá quando, e então me pergunto por que ela precisou espremer o suco e me fazer sofrer cada minuto daquilo, estou pronto para obedecer ao seu comando, nós dois na cama, de novo a mesma cena, ela voltando ao assunto do jantar, a atriz, a profissional da interpretação dizendo que eu poderia convidar Roberto para voltar mais vezes. É como se eu pudesse prever o movimento seguinte, cada vez mais próxima a hora em que ela me diria, e na cabeça dela era o que eu estava esperando, acho que foi isso o que ela depreendeu das revistas, eu como um dos maridos que estão precisando *apimentar um pouco a relação*, Márcia me diria à noite, depois que eu concordasse que sim, Roberto talvez pudesse voltar outras vezes, e talvez pudesse dançar com ela na sala, eu regulando o volume do som, eu sentado diante dos dois, um copo de uísque na mão, observando como ele pega na cintura dela e na próxima volta já sobe as mãos pelas costas dela:

MÁRCIA
Não era isso o que você pediu?

SÉRGIO
E então ela faz um gesto, e nessa hora eu percebo como Roberto age naturalmente, ele nem parece nervoso, nem me pergunta nada, nem mesmo olha para mim como que pedindo permissão porque o mais provável é que tenha sido preparado por ela, óbvio, Márcia contou sobre as revistas para ele, no banco da frente do carro, na última vez em que ele a trouxe em casa, e então percebo que o palhaço não é Roberto e que os dois estão rindo de mim.

Não é que eu me surpreenda, porque é assim que terminam os relatos daquelas revistas, o marido servindo a mulher e o vizinho como garçom, copeiro, mordomo, entregador de comida. O que me intriga, na verdade, é que Márcia ainda se enxergue como vítima, e realmente ache que fui eu que armei tudo, e de verdade pense que meu plano era deixar o caminho livre para Roberto, como se fosse possível nascer alguma coisa saudável daquele jantar, como se eu acreditasse de verdade que Roberto a levaria embora, ou melhor, que ele iria querer levá-la embora depois, Márcia rindo, os dois ainda dançando, já um tanto altos, ela com os olhos fixos em Roberto enquanto faz um gesto para mim, ela mexe os dedos como que me chamando.

Márcia pensa que tenho esse controle, que poderia imaginar o oportunismo de Roberto, ele fingindo como ela, também esperando desde que falei sobre ela, desde que contei a Roberto que fazia esses jogos com Márcia, que havia o sapateiro, o borracheiro, o verdureiro que a elogiava e carregava as sacolas para ela, por todo o tempo em que fiz confidências a Roberto ele já identificava ali a chance, o momento em que daria o golpe e ainda posaria como uma espécie de herói que vai resgatar Márcia daquele casamento, que fará qualquer coisa para isso, até mesmo ficar em silêncio quando largo meu copo e levanto do sofá, obedecendo ao convite de Márcia, a casa está à meia-luz, nosso quarto está a poucos passos.

Então eu sigo atrás dos dois. Ele agora a carrega no colo. Márcia parece leve, os sapatos ficaram pelo caminho, e o mais incrível é que ela acha que será possível, quanto tempo depois?, seis meses?, um ano?, ela pensa que vai aparecer bêbada na minha casa, que vai perguntar do gato, que serei gentil e farei uma descrição completa da rotina do gato, e que então vou receber a notícia da gravidez com naturalidade, quem sabe até com alegria, entusiasmo por ter cinquenta por cento das chances de para sempre ter uma ligação com ela, a mesma mulher que para sempre me fará pensar nesta cena, eu entrando no quarto atrás de Márcia e Roberto, eu ainda vestido, de pé, ao lado da cama, vendo os dois como se a noite não fosse terminar nunca.

2. UM GRÃO, UMA GOTA D'ÁGUA

OUTRO TRECHO DO ÚLTIMO ARTIGO DE JORNAL PUBLICADO SOBRE O CASO

Sérgio tem quarenta anos. Márcia e Roberto, trinta. O que seria um triângulo amoroso comum se revela, no entanto, uma história sombria de violência.

ROBERTO

É algo que qualquer um lamenta, mesmo não conhecendo nenhum dos envolvidos. Se eu tivesse um décimo do cinismo dele, poderia dizer que além de tudo há uma sensação de desperdício. Ou seja, Sérgio fez o que fez em troca de nada. Ele chegou a ser um homem respeitado, um professor que escreveu um bom romance de estreia, que chegou a gerar expectativas, pelo menos na própria cabeça, a ilusão de que o mundo espera por um novo feito literário, digamos assim, e depois destrói a si mesmo se expondo daquela maneira.

MAIS UM TRECHO DO ÚLTIMO ARTIGO DE JORNAL

O caso veio à tona com a resenha escrita por Roberto Andrade para o livro de Sérgio Fontoura, intitulada *O anão moral*.

ROBERTO

Meu argumento é o seguinte: qual era o sentido de ele publicar aquilo? Mesmo se o livro fosse um sucesso, não teria valido a pena. Mesmo se fosse um livro bom, não faria diferença alguma. Mesmo se fosse mais que isso, uma obra que de alguma forma mudasse a literatura, e sabemos que isso jamais aconteceria, nem em cem anos alguém como Sérgio poderia atingir esse patamar, ainda assim a publicação teria sido o que foi, o que eu disse naquela resenha, o que eu precisava dizer para proteger Márcia, para defender minimamente o que existia entre nós.

SÉRGIO

Ele escreveu que a publicação do livro era um *ato criminoso*, o que chega a ser patético.

ANDREIA, UMA LEITORA DO LIVRO DE SÉRGIO

Na internet não existem citações desse artigo. Tive de ir ao arquivo do jornal para encontrá-lo. Esses lugares são insalubres, armários e armários cheios de notícias amareladas e papéis que não têm mais nenhuma importância. Talvez os autores daqueles textos nem lembrem do que disseram em sua época, ou nem escrevam mais, ou nem mesmo estejam vivos.

ROBERTO

Para mim, a questão se encerrou ali. Eu ainda encontro Sérgio no campus, e é evidente que ele foge da minha presença. Eu imagino o que é viver pelo resto dos dias assim, ninguém tem mais coragem de conversar com ele. Nem os alunos ele engana mais. Os alunos falam dele pelas costas, há todo um folclore, um desprezo em relação a ele.

ANDREIA, UMA LEITORA DO LIVRO DE SÉRGIO

Eu sempre faço essas perguntas sabendo que ninguém vai responder. Quem poderia me ajudar, de qualquer jeito? Eu sou só uma estudante. Eu só estou no primeiro ano do curso de letras, e de que isso vale agora? Imagino que os colegas de curso nem saibam da existência desse romance. Ninguém aqui lê muita coisa. Eu mesma não me interessei no início. Eu não sabia da história ainda. Não de toda a história, pelo menos. E eu mal tinha ouvido falar em Sérgio Fontoura.

ROBERTO

Há todo um mal-estar, um nojo que as pessoas sentem só em pronunciar o nome dele. Eu acho que é como descobrir que seu vizinho é um criminoso de guerra, olhar para as mãos dele e imaginar por onde elas passaram, do que ele foi capaz no período em que tanta coisa dependia dele. Era só ele ter tido o mínimo de consciência, e por um segundo ter pensado nos outros, aqueles que esperavam apenas por um gesto seu, nem que fosse um gesto de omissão, que ele deixasse de trazer esse assunto à tona porque era algo que não faria bem a ninguém.

SÉRGIO

Até hoje penso se teria sido diferente caso eu não tivesse ido embora na manhã seguinte ao jantar com Roberto. Lembro que saí de casa cedo, como se tivesse algum compromisso. Eu levei apenas uma sacola de roupas e deixei um bilhete dizendo que não voltaria. Era o período de férias na faculdade, eu tinha tempo suficiente para não ser encontrado em lugar nenhum, e lembro que era só nisso que eu pensava, ficar fora do alcance de Márcia, num hotel barato por um mês ou dois até alugar a pocilga onde vivo desde aquela época.

ANDREIA, UMA LEITORA DO LIVRO DE SÉRGIO

Ele não dá aula para o primeiro ano. O primeiro ano são só cadeiras básicas, praticamente. Eu não gosto de nenhuma delas. Mas daqui a uns dois semestres vou ser aluna dele. Quando me falaram dele pela primeira vez, disseram que era um homem estranho, mas não exatamente por quê, então a história não parecia ter nada de incomum.

SÉRGIO

Sair de casa me pareceu a única coisa sensata a fazer depois daquele jantar. Eu passei semanas indo à tarde ao cinema. Às vezes eu via o mesmo filme em duas sessões seguidas. Eu saía da primeira, tomava café e voltava para dentro da sala. Eu tentava me distrair do fato de que logo eu voltaria para casa, e passaria a noite lendo e assistindo à tevê, como se perto dali uma pessoa não estivesse sem nada a fazer senão esperar pelo fim das férias, quando pudesse me reencontrar na faculdade, o único lugar onde eu estaria por certo, e de nada adiantava procurar antes disso, não havia ninguém para perguntar do meu paradeiro, nenhum parente ou amigo, desde aquela época eu sou um homem sozinho.

MÁRCIA

Eu nunca conheci alguém tão covarde. Eu liguei para os lugares que ele conhecia. Todos os apart-hotéis, os colegas da faculdade. Eu passei aquelas semanas como uma viúva, precisando ver pela última vez um morto, falar com ele pela última vez, dizer na cara dele que não ficaria assim.

SÉRGIO

Eu não tinha dúvidas de que ela faria essa cena. Era uma atriz, afinal. Mais dia menos dia eu teria de passar por isso, então foi apenas questão de esperar que o ano letivo começasse e eu estivesse em sala de aula, em frente a uma turma nova, vinte e cinco pessoas com sono numa manhã em que subitamente são presenteadas com aquela aparição.

MÁRCIA

Se ele estivesse na sala dos professores, talvez eu pudesse tê-lo chamado para um canto. Talvez eu pudesse ter falado baixo com ele. Mas não sou esse tipo de pessoa. Na primeira manhã em que estive lá ele fugiu de novo, como na segunda manhã, sempre alguém dizendo que ele teve de sair por algum motivo que não era ouvir o que precisava. Ele queria me humilhar assim? Pois bem, eu também podia fazer isso. Eu tinha todo o tempo do mundo. Eu sabia que em algum momento o pegaria, e foi naquela semana mesmo, em frente aos alunos, eu abri a porta e nem sei como tive coragem de dizer aquelas coisas.

SÉRGIO

Não foi uma dessas vergonhas banais, que você presencia e por alguns dias comenta com os amigos, apenas uma mulher ressentida dizendo ao marido que já estava saindo com outro. Se fosse apenas isto, o fim de uma sequência que começa quando saio de casa por causa do jantar com Roberto, eu poderia dizer que o preço do vexame em público até que havia sido baixo. Mas claro que a aparição de Márcia não foi o fim de nada. Com ela as coisas nunca terminavam de verdade. Não sei como fui ingênuo para não perceber: Márcia naquela sala de aula foi apenas o início da segunda parte desta história.

ROBERTO

Eu nem quis saber o que aconteceu, se é que aconteceu. Acho até possível que algum excesso tenha havido na época. Ela estava saindo de um casamento como aquele, e é óbvio que um passo desses nunca é dado de uma vez só. Mesmo assim, no que me diz respeito, até onde ela achou conveniente dividir comigo, e isso sempre foi algo que respeitei, porque era um passado apenas dela, e não meu, mesmo assim a transição foi relativamente pacífica. Eu estava apenas começando a relação com ela, e mesmo assim as coisas andaram relativamente rápido.

MÁRCIA

Roberto disse que seria como uma experiência. Ele sempre falava deste jeito, *vai ser uma experiência*, vamos ver como funciona, podemos dividir as despesas e tentar começar aos poucos, ele esperando por mim.

ROBERTO

Eu me interessei por ela desde o começo. Eu tinha trinta anos também, e nessa idade não é incomum você apressar um pouco as coisas.

MÁRCIA

Ele dizia que teria paciência comigo. Que saberia esperar por mim. Que tinha todo o tempo do mundo para isso. Ele sabia o que eu tinha passado, tudo o que Sérgio tinha feito comigo. Era só dar uma chance a Roberto, ele não pedia mais do que isso, uma proposta gentil, ele tão carinhoso, tão compreensivo, algo que qualquer mulher gostaria de ouvir se estivesse no meu lugar.

ROBERTO

Nós podíamos ter ficado assim por anos, ela juntando os cacos da separação, eu acompanhando o processo meio à distância, mas nunca me pareceu que valesse a pena ser tão prudente. Qualquer um que olhasse de fora não hesitaria em apoiar nossa decisão, não havia por que esperar mais por isso, um mês de convívio, dois meses, três meses, e logo depois eu me mudei para a casa dela.

SÉRGIO

Ele achou que conseguiria tomar o meu lugar com essa facilidade, mas no fundo apenas serviu aos propósitos dela, aqueles que eu estava cansado de conhecer, os que viriam à tona quando passasse aquele breve período de euforia. Com Márcia é sempre assim que acontece: não demora muito para que a lembrança dela me enxovalhando diante dos alunos, saindo do prédio da faculdade se sentindo poderosa, chegando em casa se sentindo poderosa, passando as semanas seguintes desfrutando o triunfo mesmo que às custas do pobre-diabo com quem ela agora vivia, não demora muito para que essa lembrança seja substituída pela do ex-marido sozinho, indo trabalhar e preparando o jantar sozinho, a madrugada atônito com o que será a sua vida daqui para a frente, o que vão dizer desse ex-marido, o fardo que ele precisará carregar por causa daquela humilhação em sala de aula, e de repente esse fardo se torna equivalente à punição que ele merece por ter abandonado a casa depois do jantar com Roberto, ou melhor, uma punição até maior que o necessário, uma punição excessiva, que em poucos dias passa a soar draconiana, e então a vitória de Márcia dá lugar a um desconforto, que não demora muito para se tornar arrependimento, e aqui temos os instintos autodestrutivos dela vindo à tona novamente.

ROBERTO

Não estou falando nenhum absurdo. É óbvio que ela tinha o direito de querer uma segunda chance, de tentar uma nova vida comigo. Eu imagino que Sérgio nunca tenha perdoado Márcia por ela ter tido essa fraqueza, por ter incorrido nesse desvio, por não ter seguido o que para ele era o caminho natural, cumprir a pena daquele casamento para sempre. Sérgio nunca perdoou Márcia porque não podia imaginar que ela pudesse ser uma pessoa destas, vejam só, alguém que em determinado momento sente falta de algo tão prosaico, tão desprezível, ser tratada de maneira digna, morar numa casa onde não se sente ameaçada o tempo todo.

SÉRGIO

E é então que Márcia começa a pensar que me deve algo, uma compensação por ter sido tão leviana comigo naquela sala de aula, e essa culpa não poderia dar em outra coisa, a sensação que se espalha por aquele casamento novo com Roberto, no qual ela talvez tenha até tido esperança, com o qual ela talvez até tenha imaginado que poderia se livrar de mim. Eu mesmo já esperava por isto, a visita dela carregando o gato, eu abrindo a porta, nós dois conversando civilizadamente, os dois prontos para sucumbir de novo ao engano, à ideia de que uma relação assim comportasse esse tipo de coisa, compensações banais do que um fez e o outro deixou de fazer, demonstrações banais de lealdade, de humildade, de perdão.

Pouca gente entende a natureza da minha relação com

Márcia. Não é à toa que nos casamos. É quase um milagre que você ache duas pessoas tão propícias para os papéis, o pior de Márcia, o pior de mim, um jogo que não terminaria nunca se algo não fosse feito. Porque nem todos os apelos que eu fizesse evitariam que Márcia logo percebesse que eu não poderia dar o que ela queria, o que ela estava pedindo desde que apareceu com o gato. Eu jamais agradeceria por ela estar ali, por ela ter se desculpado pela cena em sala de aula, ela quase rastejando aos meus pés, e essa consciência de que no fundo eu jamais reconheceria a bondade e o caráter dela, de que eu jamais me sentiria reciprocamente devedor de coisa alguma, essa consciência iniciaria novamente o ciclo, Márcia novamente magoada, novamente ressentida, e a frustração porque ninguém percebe como Márcia novamente está sendo vítima faz que ela comece novamente com as provocações, usando o pretexto que está ao alcance, e agora não há dúvidas de que é o fato de ela estar vivendo com Roberto, que remete ao jantar com Roberto, que remete à cena da dança com Roberto e a tantas cenas que ela sabe que eu não quero ver, histórias que não posso ouvir, a voz dela me contando coisas que me fazem virar algo que não sou, que não posso ser, algo que no entanto ela parece ansiar por ver diante de si, então ela usa isso mais uma vez na esperança de que eu tenha uma recaída, a última que eu tive, da qual até hoje me arrependo, ela conseguiu tudo de novo ao coroar aqueles encontros com a notícia de que estava grávida.

MÁRCIA

No dia em que recebi os exames Sérgio teve enfim a vitória, pôde enfim assumir o papel. Ele como o senhor no trono. Eu ao lado para servi-lo. Eu vinda diretamente da cama onde Roberto dormia, e se virava para mim, e botava a mão na minha barriga sem desconfiar do que já existia ali, o prêmio de Sérgio, o tesouro que eu ofereceria a ele. Veja, Sérgio, finalmente você me tem em suas mãos. Finalmente você pode acabar comigo. Basta que faça o que tem de fazer, que diga o que já está em sua cabeça, uma frase, uma palavra apenas, basta olhar para mim com sua frieza e seu desprezo e fazer a proposta para irmos juntos à clínica.

SÉRGIO

O que eu poderia dizer? Quem agiria de outra forma diante de uma mulher que faz algo assim, ou alguém acha que essas coisas acontecem assim, de repente? Que não há um ato de vontade envolvido? Que ela ao menos não pensou, lá atrás, quando veio à minha casa com o gato, apesar de já estar com Roberto, apesar de tudo o que havia sido o nosso casamento, ou alguém acha que Márcia não decidiu em algum momento tomar alguma providência para ficar grávida?

MÁRCIA

Eu conhecia muito bem esse tom de desprezo. Sérgio seria capaz de me apresentar ao médico. Ele trataria aquilo tudo como se fosse um problema de saúde, uma questão higiênica. Ele diria ao médico que eu era uma mulher saudável. Eu aguentaria qualquer dieta, qualquer remédio, qualquer preparação antes daquilo que Sérgio marcaria sem hesitar. E então era como se eu antecipasse a cena, Sérgio como ajudante do médico, e na mão do médico havia uma pinça, e eu só conseguia pensar na ponta dessa pinça, eu vestida de branco, com as pernas abertas, ele mexendo aquilo de um lado para o outro. Sérgio estaria ao lado, sorrindo, o rosto e a voz de um demônio dizendo que a clínica era discreta, a clínica tomava todas as precauções, tinha todos os equipamentos e toda a segurança.

No fundo vai ser bom para você. Nós não temos condições de ter um filho. Nós não temos condições de ficar juntos, e a partir de hoje eu não quero mais olhar para a sua cara.

SÉRGIO

E aí eu tenho de ser compreensivo com ela, entender o impulso dela ao tentar me prender com o mais velho dos truques, eu para sempre junto dela, sofrendo para sempre as agressões dela ao entrar na minha casa daquele jeito, ao reagir daquele jeito quando digo que vou ligar para o médico no dia seguinte, ela partindo para cima de mim, mordendo meu ombro, tentando me ferir como pode até que eu a pegue com força, eu imobilizo os braços dela e a levanto do chão e a jogo contra a parede porque só assim ela consegue parar.

ANDREIA, UMA LEITORA DO LIVRO DE SÉRGIO

Eu tinha encomendado um exemplar no sebo, e a resposta só veio uns dois meses depois. Nós já estávamos no meio do semestre. Era o início do primeiro período de provas. Eu ainda demorei para começar a ler. O início pareceu sem graça, nunca tive paciência para esses romances escritos como um quebra-cabeça.

MÁRCIA

É muito fácil dizer que os outros é que são loucos. Os outros é que fazem as coisas de graça. Como se de repente um botão dentro de mim tivesse sido apertado e eu tivesse o impulso de partir para cima de Sérgio depois que ele falou da clínica. Quem ouve a conversa dele pensa que é apenas isto, Sérgio apenas me propondo que resolvêssemos o problema como dois adultos. *O problema*, Sérgio disse. *Como dois adultos*. Como se as coisas tivessem caído do céu. Como se tudo não tivesse começado lá atrás. Como se ele não tivesse me enredado nisso desde o início. Ou alguém acha que não foi de propósito?

SÉRGIO

Márcia sempre dirá que tudo começou por minha causa. Ela acha que eu atirei as iscas sabendo que ela morderia uma a uma, querendo que ela seguisse em frente até acabar conforme o planejado, ela parando de tomar a pílula porque assim eu havia determinado lá atrás. É uma hipótese e tanto, não é mesmo? Eu planejando aquela gravidez. Eu querendo ficar para sempre nas mãos dela.

MÁRCIA

Ou alguém acha que ele não deixou a chave daquela gaveta ali, à minha vista? Isso não foi o começo? Isso não é Sérgio querendo ser descoberto? Sérgio plantando a sua sementinha, um menino testando sua mamãe todos os dias. Segunda, terça, quarta, e a chave em cima da mesa. Ele sabia que eu não resistiria. Ele era cheio de mistérios, e é claro que um dia eu mexeria nas coisas dele. Ele tinha certeza do que aconteceria quando eu abrisse aquela gaveta. A maneira de ele me testar era sabendo que eu não conseguiria lidar com aquilo, e algum dia eu teria de tocar no assunto, e numa noite eu descobriria o que ele estava esperando de verdade, que eu perguntasse para ele, e sei fazer isso direitinho, porque sou uma *atriz*, ele sabe que sei fazer a voz que ele espera que eu faça, sei perguntar como quem não quer nada, no seu ouvido, por que ele tinha tanto interesse por aquelas revistas.

ANDREIA

No início, parecia que ele estava com preguiça de fazer capítulos maiores, que ficava se escondendo nesses fragmentos, como se o enredo não fosse suficientemente forte para falar por si mesmo. Fiquei com essa má vontade em relação ao livro, achei que nem conseguiria ir adiante, mas aí de repente percebi a questão do tempo. Há o trecho em que ele fala das revistas, e isso pode até marcar um período. Anterior aos computadores, digamos, aos sites de pornografia. Mas o resto é neutro: a trama poderia se passar em qualquer época.

MÁRCIA

As revistas falavam muito daqueles clubes. Sérgio dizia que tinha curiosidade em conhecê-los. Um homem como Sérgio, com tudo planejado desde sempre, cada passo, cada detalhe, dizendo que queria apenas dar uma passadinha ali. Uma *passadinha*, dá para imaginar uma coisa dessas?

Nós fomos a um clube desses num sábado. Era numa rua calma, com as luzes semiapagadas. Um lugar onde os carpetes foram recém-lavados. Onde há pilares de espelhos. Onde os garçons servem uísque e fingem não ver o que acontece. Todos aqueles casais na pista de dança. Aqueles homens carecas, peludos, usando cinto e relógio. As mulheres com cara de que foram arrastadas até ali. Mulheres velhas, a vida inteira se submetendo a homens que as tratam como Sérgio me tratava, me incentivando a dançar com um sujeito de barba, depois sentar ao lado dele, Sérgio à distância, cuidando cada gesto meu, o homem de barba me puxando para junto dele. Eu sentia o cheiro dele, um cheiro de loção, as patas dele em volta da minha cintura, as garras dele baixando pela minha perna. Eu queria fugir o mais rápido possível, correr para casa, entrar debaixo do chuveiro, me ajoelhar ao lado da privada e jogar para fora aquele gosto de coisa morta, meu casamento que estava morto, todas as noites ter de repetir para Sérgio que o homem de barba me pegou de jeito, a mesma história até que Sérgio não aguentasse e despejasse o seu ódio dentro de mim, com força, assim, um jorro por inteiro, inundando o mundo todo.

SÉRGIO

Deu para entender por que eu não iria querer continuar com aquilo?

MÁRCIA

E depois era como se ele tivesse vergonha. Como se a minha simples presença o lembrasse daquela sujeira, o inferno que começou na noite em que estive com o homem de barba, que depois virou um homem sem barba, um homem alto, baixo, gordo, magro, bonito, feio. Um homem que sempre estava na mira de Sérgio, eu subjugada às vontades dele num banco de praça, num shopping, em qualquer lugar público, e sempre há uma fila de candidatos que aparece nessas horas. Sérgio não precisava nem anunciar. Bastava olhar de longe para perceber. Ele ao meu lado, me oferecendo para qualquer um que surgisse. Sérgio precisava que eu fizesse isso. Era a única maneira de se interessar por mim. A única maneira de ele me tocar, depois, quando eu fazia o relato em detalhes. Por que ele não conseguia chegar perto de mim sem isso? Por que ele sempre se arrependia depois de ter me usado, depois que eu virava objeto apenas da raiva dele, de uma história que só existia na cabeça dele? Era como se eu realmente tivesse entrado naqueles hotéis, naqueles prédios, naqueles banheiros. Como se eu não fosse o oposto disso, a mulher que nunca levou isso adiante, que nunca deixou o homem de barba passar dos limites, que não fez nada de errado até o dia em que conheceu Roberto.

A doença de Sérgio é tão grande que, no fundo, o que ele esperava mesmo era por esse dia. Ele sabia que eu tomaria a iniciativa. Eu faria de Roberto como que um teste, até onde Sérgio tinha interesse em me manter. Ele começou a me ver como uma pessoa imunda de verdade, desta vez falando sério sobre Roberto, pronta para fazer o que Sérgio queria que eu fizesse com Roberto, aquela cena que ele tinha imaginado, que ele me fez saber de cor para narrar todas as noites, a atriz dançando com Roberto na frente de Sérgio, chamando Sérgio para ver com os próprios olhos, e era quando eu dizia isso que Sérgio tomava a atitude de sempre, eu dando corda para ele, acabe comigo aqui mesmo, eu não aguento mais viver desse jeito, eu não aguento mais esperar que você faça isso na sua própria casa, no dia em que dou a notícia da gravidez, um soco por Roberto, por mim, pelo que você deixou que acontecesse entre nós, pelo que você é e o que eu sou, um soco bem dado, com toda a força, na minha barriga, a mesma barriga que carrega o resultado de tanta vergonha.

ANDREIA

O livro não faz referência a nenhum fato histórico. Sérgio Fontoura não fala de política, de uma notícia do dia, de um programa de televisão, modelo de carro ou marca de cigarro. Quando me dei conta disso, juro que tive um calafrio. A impressão de que o romance poderia ter sido escrito ontem. A impressão de que o romance foi escrito para ser lido assim, como se tudo o que relatasse ainda estivesse vivo.

TRECHO INICIAL DE *O GATO DIZ ADEUS*, LIVRO DE SÉRGIO

O gato é um dos bichos mais vulneráveis da natureza. Uma simples mudança de ambiente faz as defesas do organismo despencarem. Uma dose da vacina contra raiva pode ter como efeito um tumor.

ANDREIA

É como se o livro todo fosse escrito com esse objetivo.

Como se fosse um recado, algo preparado para virar do avesso a vida de alguém como eu. Eu tenho uma boa vida, moro numa casa boa, tenho um namorado agora. Meu namorado cuida de mim, me dá carinho, nunca me deixou faltar nada, e é como se Sérgio Fontoura quisesse me fazer duvidar disso, achar que tudo foi apenas um teatro para me enganar, o que vivi até aqui, todas as vezes que confiei em alguém.

SÉRGIO

Depois que Márcia deu a notícia da gravidez, eu passava os dias observando o gato. As pessoas não têm ideia do que era passar o dia assim, a única coisa que havia sobrado de Márcia, eu dormindo de porta fechada, o gato miando do outro lado.

ANDREIA

É como se eu pudesse ser uma juíza agora, ele como um réu falando da própria infância ou das razões sociais que o levaram a ser quem é. Eu sou apenas uma estudante de letras do primeiro ano. Eu não pedi para julgar ninguém. Eu não pedi para me envolver nisto, não desse jeito, era a última coisa que eu precisava a esta altura. Meu namorado e eu estamos pensando em morar juntos, ele se formou em arquitetura e passou num concurso público, logo eu terei um emprego e poderemos manter um apartamento pequeno, perto da faculdade, e a última coisa que preciso agora é dizer o que penso desta tristeza toda.

SÉRGIO

Um gato só é capaz de ficar quieto quando entra no quarto. Ele corre batendo em sua perna, e você deita de novo, e ele caminha de um lado para o outro da cama tentando enfiar o nariz na sua orelha, roçando o seu braço estendido na ida e na volta. Eu o trazia para perto e ouvia a respiração agoniada, um motor de geladeira que aos poucos começa a ficar espaçado naquele horário da noite em que ninguém sabe o que é real ou sonho. Eu ficava abraçado no gato, e por um instante dava até a impressão de que as coisas tinham se resolvido. Eu não precisava mais pensar naquela briga, a última que tive com Márcia, no dia em que falei para ela da clínica. Por um instante essa briga parecia ter definido o futuro de todos, de uma vez por todas estava afastada a chance de eu novamente ficar diante dela, a pessoa que tenta me segurar com uma gravidez e espera que eu fique feliz com isso, e não entende quando trato essa atitude com uma certa desconfiança, com uma certa praticidade, e admito até que isso soe cruel à sua maneira, Márcia agora está séria, um rancor que em seguida se transforma num surto, toda a raiva acumulada numa loucura que não entendo, que nunca entendi, uma loucura que sempre tinha o poder de me fazer terminar assim, e na hora você não pensa em nada, você apenas se concentra no seu próprio punho, todo o seu peso naquele soco que ela pede desde que entramos nesta espiral.

ANDREIA

Porque é esse o tom que ele usa, principalmente da segunda metade para o fim, como se de repente todo aquele ódio desse lugar a tão somente o que o livro é desde o início, a pior história que já me contaram, a única que eu não queria ouvir.

SÉRGIO

Ou você acha que meu problema com Márcia foi ela ter ido comigo àqueles clubes? Ou saído com Roberto? Ou se aproveitado de Roberto para fazer o que toda mulher faz? Não é preciso ir muito longe nesse assunto, não conheço mulher que não use um elogio ou um olhar mais atento de outro homem para provocar o marido, nem que seja em silêncio, e a essência de um casamento pode ser isso, não há problema algum em manter uma relação assim por anos.

Não é disso que estou falando. Meu problema com Márcia foi saber que eu não estava imune a isso. Se pudesse, como disse antes, eu preferia passar incólume a isso. Eu preferia não sentir nada naqueles clubes, ficar indiferente ao ver Márcia fazendo o que fazia naqueles clubes, dizendo o que dizia na volta para casa, mas essas coisas a gente não escolhe. Eu não escolhi folhear uma daquelas revistas por acaso, logo no início do nosso casamento, e descobrir que eu era uma daquelas pessoas, e não entendo como eles todos vivem desse jeito, aqueles casais frequentando aqueles lugares por anos, e eles sempre se definem da mesma forma, eles dizem que são modernos, que são *cúmplices*, e não posso acreditar que em nenhum momento aconteça com eles o que sempre acontecia comigo e com Márcia. Eu não sei dizer se era apenas por ciúme, e em muitos casos apenas isso basta, ou por causa das provocações dela, aquilo que Márcia voltava a me dizer sempre, que ela disse na sala de aula, em frente aos meus alunos, ela relatando o que havia feito com aqueles homens, perguntando se eu estava satisfeito com aquilo, se eu tinha sonhado com aquilo, se no fundo eu queria estar no lugar dela.

MÁRCIA

Você acha que isso não me passou pela cabeça? Sérgio queria me ver com Roberto, e o que eu poderia pensar? Por que ele vivia falando de Roberto? Por que protegeu tanto Roberto? O aluno preferido, para quem ele contou tudo sobre nós. O aluno que ele trouxe para jantar. O aluno que ele queria ver em sua casa. O aluno que ele queria ver em sua cama.

ANDREIA

Como eu poderia me sentir ao ler isso?

MÁRCIA

Vamos, Sérgio, confesse que era isso que você queria. Confesse na frente dos seus alunos. Seja honesto uma vez na vida.

SÉRGIO

Ela sabia que esse era o ponto final, o momento em que eu sucumbia à provocação e logo estava fora de mim, aquilo que ela queria ver, que ela sentia tanto prazer em ver a cada noite em que íamos aos clubes, eu cedendo aos meus piores impulsos, enxergando nela um inseto que pede para ser esmagado, e pelas madrugadas adentro eu não conseguia deixar de atendê-la até que isso se tornasse frequente, e mais perigoso, e duas ou três vezes eu fui parar com ela no hospital, um braço quebrado, um corte na testa que não fechava, eu dizendo que houve um acidente com uma escada ou um chão escorregadio, eu em frente a um plantonista do pronto-socorro sabendo que estava no rumo de uma catástrofe. Você não tem ideia do que é se sentir assim, consciente de que talvez só haja uma chance, a última vez em que você conseguirá recuar, na noite em que ela montou a armadilha da gravidez, eu já com o punho fechado, um recuo que aconteceu como que por milagre, e então é como se todo impulso houvesse se invertido, e eu arrumei uma força que nunca mais tive, e eu consegui carregá-la nem sei como, eu a joguei para fora do apartamento assim, sem ter nem mesmo tocado na barriga dela, eu fechei a porta e a deixei batendo e gritando do outro lado até que sua voz ficasse rouca, até que ela fraquejasse também, e eu podia agora vê-la pelo olho mágico, sentada junto à parede, os soluços baixos, e pela última vez tive consciência do que tinha salvado ali.

ANDREIA

O que eu poderia pensar depois disso?

SÉRGIO

Porque não daria para imaginar algo assim, Márcia e eu como pai e mãe num domingo à tarde, numa praça ensolarada onde você iria brincar com um cachorro ou subir no balanço enquanto eu cuidaria de longe, num banco cercado por pombos e miolo de pão. Eu joguei Márcia pela porta do apartamento para impedir que voltássemos da praça no fim daquele dia futuro, você com o joelho machucado, eu segurando a sua mão enquanto a água corre e faz arder a ferida, só mais um pouco agora, só para não infeccionar depois, e então nós entramos no carro, estacionamos na padaria, o leite para a manhã seguinte, uma discreta sensação de fastio, o dever cumprido de mais um fim de semana até chegar em casa e eu olhar para Márcia sabendo que ela pediu por aquele soco na barriga, e pelo resto da vida eu só pensaria nesse pedido, você entende agora por que dei as costas a ela? Por que nunca mais quis saber dela? Por que decidi escrever o livro sobre ela? Por que resolvi deixar minha versão impressa, apesar de tudo o que o livro me custará, todos os comentários, todo o desprezo com que serei tratado nos próximos anos, nas próximas décadas?

ROBERTO

Não foi por outro motivo que fiquei tão indignado, a ponto de me expor com aquela resenha no jornal. Quando falo em proteger a todos ao redor de Márcia, é a isso que estou me referindo. Eu não estava nem aí para a recepção do livro na época em que foi escrito. Eu estava preocupado era com a maneira como o livro seria lido no futuro.

SÉRGIO

Você entende que seria melhor não crescer num lugar assim? Imagine que aquilo se repetiria, como sempre se repetiu durante meu casamento com Márcia, você com um ano de idade, com cinco, com dez, com dezoito, quase duas décadas em que aquele pedido pelo soco se transformaria em outros pedidos, eu fazendo isso com Márcia no quarto ao lado, você ouvindo os gritos dela durante toda a noite, porque ela não conseguiria mudar, eu não conseguiria mudar, eu já tinha experiência suficiente para saber que ficar com ela naquele momento seria perpetuar a situação. Eu imagino o que você seria hoje se eu tivesse sucumbido a isso, e não saído de casa pela primeira vez, e não expulsado Márcia do meu apartamento quando ela tentou recomeçar tudo, quando ela finalmente foi embora levando você para uma vida da qual não participei mais, uma vida onde só imaginei você à distância, seu rosto talvez parecido com o meu, sua voz, você brincando dentro de casa enquanto eu passo os dias sozinho, não muito longe daí, ao lado do gato que será minha única companhia, a única criatura que dormirá junto comigo, eu abraçado no gato por toda a noite, eu cuidando dele como se ele pudesse substituir você, como se eu pudesse dar a ele tudo o que eu quis dar a você, um gato que será minha única lembrança de que você um dia existiu para mim, uma lembrança que viverá pelo tempo que um gato vive, e um gato pode durar décadas, mesmo que esteja velho, gordo, cego, caminhando devagar pela casa, um gato que um dia morre exausto e em silêncio como meu último vínculo com você.

ANDREIA

O fim do livro é todo escrito nesse tom, como se tudo fosse se esclarecer de repente, os dados todos diante de mim. Eu tenho dezoito anos, nasci em 1990, exatamente no ano em que Sérgio Fontoura escreveu o livro, e então agora eu preciso decidir a respeito do que ele diz.

TRECHO DE *O ANÃO MORAL*, RESENHA DE ROBERTO SOBRE O LIVRO DE SÉRGIO

Razões para tanto? Digamos que ele as tenha, embora isso não seja verdade. Digamos que fossem as melhores razões, o que está longe de ser o caso. Mesmo assim, nada apagaria o ato em si. Um ato criminoso, sob qualquer ângulo.

ANDREIA

A maneira como eu descobri tudo foi bizarra. Alguém numa dessas fofocas falou sobre uma briga dele com o meu pai. Claro que a pessoa não sabia que Roberto Andrade era meu pai. Eu não disse nada porque achei que não tinha importância. Só que a pessoa falou do livro. E eu fiquei curiosa. E foi ao ler o livro que percebi tudo, os nomes que ele nem se deu ao trabalho de trocar, o que meu pai escreveu naquela resenha que fui achar depois. Eu achava que essas coisas só aconteciam em novelas de televisão. Nós aqui, em pleno 2008, e eu como uma personagem dessas, e duvido que alguém passe incólume por uma descoberta assim.

ROBERTO

O que eu quis dizer foi o seguinte: mesmo se você entrar no delírio de Sérgio, e não acredito que alguém possa comprar uma história dessas, ele continua sendo um monstro. Mesmo se houvesse alguma chance de isso ser real, e até hoje tenho repulsa pelo tom que ele dá à coisa, aquele sentimentalismo, uma tentativa patética de arrumar alguma simpatia, ainda assim ele é o homem que desconsidera os sentimentos de alguém que nem podia se defender daquela barbárie. O que ele esperava que ela fizesse ao ler o livro? Que subitamente, aos dezoito anos, entrasse em crise e largasse tudo e fosse correndo para ele?

O que isso importa, de qualquer forma? Mesmo que houvesse a mínima chance de ele ser o pai, e posso assegurar que não há, e se você duvida basta conversar com alguém que conheceu Márcia, e nunca vi personagem tão falso quanto Márcia no livro dele, a voz mecânica dela, um robô sem passado, fruto da imaginação corrompida de Sérgio, mesmo com tudo isso, que diferença faria? Sérgio nunca chegou nem perto da minha filha. Dezoito anos, e faria diferença se o pai biológico não fosse eu? Faria algum sentido reavivar esse passado degradado que é só dele, e não meu, em nome exatamente do quê?

ANDREIA

Não tenho dúvidas de que meu pai tem suas razões. Não estou me queixando a esta altura. Eu tenho dezoito anos, sei que ele fez tudo o que podia para que eu chegasse até aqui, que esteve sempre ao meu lado, que continuarei presente na vida dele, e cuidarei dele quando ele ficar velho, e minha vida e a vida dele seguirão em frente sem mais lembranças nem remorsos, mas não é isso que estou discutindo. Estou discutindo outra coisa. Estou discutindo se não deveria ter ficado sabendo de tudo antes.

ROBERTO

É natural que ela se sinta assim, mas tenho certeza de que agi certo ao ter mantido o segredo. Por mais que todos soubessem das mentiras de Sérgio, uma criança pode ser vulnerável a esse tipo de coisa. E ela não precisava de mais essa dúvida na vida.

ANDREIA

Não estou perguntando se poderia ter sido diferente em relação a ele. O que pergunto, na verdade, diz respeito à minha mãe.

ROBERTO

É natural a perplexidade dela, repito, mas há muito de fantasia aí. Infelizmente, a vida real é muito menos romântica. Na vida real, quando um pai responde à filha sobre a mãe dela, nunca deixa de ter consciência de que está falando de um exemplo, um modelo que na maioria das vezes é seguido em cada um dos seus passos. É dever de um pai mostrar que esses passos nem sempre dependem de vontade, nem de caráter, nem de afeto, e mesmo que a prova disso seja a mais dura possível, aquela sobre a qual ninguém quer pensar, aquela de que todos fogem ou fingem que está envolta em algum rosário de motivos nobres, mesmo assim ele precisa mostrá-la em toda a sua crueza.

ANDREIA

O que me pergunto é se, tendo sabido de Sérgio Fontoura antes, eu não teria entendido melhor a minha mãe. Se eu teria passado aqueles anos de forma diferente, ao menos com alguma ideia mais clara sobre ela, minha mãe como a pessoa que Sérgio Fontoura descreve no livro. Acho que posso imaginá-la por baixo daquela capa toda de agressões. É isso o que tenho a fazer, não? Imaginá-la como uma pessoa transparente, alguém com uma fratura mais funda que qualquer compreensão de quem está ao redor, a frustração por ser quem é e ter perdido tudo por esse motivo, por ter jogado fora a sua única chance, e é isso o que está no livro dele.

ROBERTO

Eu precisava mostrar a ela que o problema de Márcia não tinha a ver com Sérgio, comigo, era algo que estava ali desde sempre, esperando qualquer pretexto para vir à tona. Algo que está na origem desta história, e não no fim. O que aconteceu com Márcia é o início desta história, e não o desfecho. A doença dela é a causa e a consequência de tudo, porque contra a doença não há argumento possível, não há versão que possa ser levada adiante sem desmoronar ao primeiro sopro, e se você um dia conheceu alguém que sofra disso sabe do que estou falando, alguém que passou a vida lutando contra isso, tentando não sucumbir a isso, até o final se debatendo e enfim sendo derrotada por isso.

ANDREIA

Eu me pergunto o que ele deixou de fora do livro. Fico imaginando se o casamento eram apenas aquelas brigas. Se em algum momento os dois não baixavam a guarda. Duvido que isso não acontecesse, que eles não fossem vez que outra ao cinema ou visitar um amigo, que não andassem de carro pela cidade comentando as vitrines das lojas e as pessoas na calçada, que também não fossem capazes de ficar em casa à noite ocupados cada um com suas coisas, ele no escritório, ela cozinhando, e quando os dois estavam bem ela vinha até ele perguntar alguma coisa sobre o tempero da comida, e depois os dois jantavam e ele dizia algo engraçado e ela contava alguma história e os dois terminavam e ouviam um pouco de música e ficavam até tarde conversando no sofá que os dois tinham escolhido e iam para a cama quando a vizinhança e a cidade inteira já estava em silêncio. Eu fico imaginando se ele não escreveu o livro para falar de como sentia falta desses momentos, o jeito como ela falava, como ela andava, como ela sorria. Não é possível que os dois nunca estivessem bem, que um nunca desse bom-dia ao outro, duas pessoas que no fundo não são diferentes de ninguém, que vivem juntas e sabem tudo uma da outra e deveriam ficar para sempre assim se não houvesse entre elas uma semente que tornava o convívio uma impossibilidade. É nessas horas que imagino Sérgio Fontoura lamentando ter de olhar para a minha mãe e reconhecer nela aquilo de que sentiria falta assim que saísse de casa, assim que ficasse sozinho, assim que entrasse num caminho sem volta, uma separação que foi inevitável e que nos anos seguintes o transformou naquilo que imagino ser.

ROBERTO

Um psicopata que publica algo assim depois de tudo o que aconteceu, tentando chamar atenção para si quando só o que deveria ter feito era ficar em silêncio. Porque você precisa ser muito ingênuo para acreditar nisso. Você precisa querer fechar os olhos para o que a vida tem de gratuito e estúpido, uma noite chegar em casa, a sua filha com poucos dias de vida. Uma noite você abre a porta e a casa está quieta, e você caminha até o quarto onde está a sua mulher, ela há dias prostrada na cama, há dias sem se mexer, sem quase abrir os olhos, alguém tem de pôr comida na boca dela, e os médicos dizem que essa é uma condição que acomete muitas mulheres depois do parto, e que isso é ainda mais comum no caso dela, que ela teria até alguma propensão a isso, é a depressão que leva uma pessoa a isso, e não vejo por que esconder o nome dessa doença.

Alguém aqui está surpreso? Alguém ficou chocado porque às vezes é preciso alertar para o óbvio, como fui obrigado a fazer naquele artigo de jornal? A palavra *depressão* é apenas um detalhe? Um fato sem importância? Um capricho, por assim dizer? Foi por causa disso que Sérgio simplesmente não menciona a palavra no livro? Que ele dá a sua versão, digamos assim, sem por um instante considerar que, bem, talvez a verdade pudesse passar pelo significado dessa palavra?

O que esperar de quem tenta fazer literatura e achar vilões nesta tragédia, de quem bota na voz de alguém que não pode mais se defender uma justificativa absurda e que nada tinha a ver com o que conheci de Márcia, uma pessoa muito mais doce do que a que Sérgio descreve? Não posso deixar de lamentar por minha filha ter lido isso e talvez ter ficado com uma impressão errada da mãe, por ter a vida inteira se ressentido por não conhecer a mãe e de repente ouvir falar dela assim, com aquele monte de palavras sem sentido, que ecoam no vazio sem poder para mudar a única cena que importa, eu entrando no quarto de Márcia, dando dois passos em direção a Márcia, os últimos passos antes de perceber que havia algo errado ali, algo no ar, um perfume que eu nunca havia sentido, que eu nunca mais esqueceria o que era, a sensação imediata de que eu estava diante da morte, o cheiro da morte, um vidro de remédio vazio e um copo vazio ao lado da cama dela.

ANDREIA

Não é tão surpreendente que as coisas sejam desse jeito. A vida inteira eu ouvi que não havia razão nenhuma para o que ela fez, que nada tinha a ver com a vontade ou os sentimentos dela, mas eu me pergunto se há algo errado em considerar que uma pessoa não é como uma máquina, que não é de repente e por acaso que ela desiste de tudo o que está ao redor, que é tão fácil e automático assim tomar a atitude que ela tomou, que não pode existir uma sequência de fatos que culmina ali.

ROBERTO

É preciso ser um psicopata para fazer romantismo disso, sem jamais se perguntar sobre o que foi minha vida depois que presenciei aquela cena. Nenhum motivo de Sérgio, o rancor que ele tem de mim, o ódio dele seja lá por que razão, justifica que em momento algum ele tivesse distanciamento para medir o tamanho das coisas, a pequenez de qualquer briga anterior diante daquela cena absurda.

Eu acabei lendo muito sobre depressão. Ouvi tantas histórias a respeito, com padrões tão diferentes entre si, que nunca cheguei a imaginar Márcia como um daqueles casos exemplares, um daqueles sujeitos que no terceiro ano colegial começam a achar que o prédio da escola vai desabar a qualquer momento, ou alguém que numa estrada vazia subitamente tem a sensação de que é incapaz de dirigir um carro, ou alguém que deve ser mantido longe de armas e cacos de vidro e fornos e cordões de sapato. O que estou dizendo é que não havia presenciado nenhum episódio incomum de Márcia, nenhuma dose excessiva de pânico ou ansiedade ou dúvida ou tristeza, e que isso passa a fazer sentido apenas depois da tragédia, quando você olha retrospectivamente na busca por um sintoma que passou despercebido, como se pudesse ter feito algo e não apenas se conformado por ter vivido essa espécie de sorte, um período de intervalo entre crises. Afinal, eu passei pouco tempo com ela. Entre o dia em que nos conhecemos e o nascimento da nossa filha se passou não mais que um ano e meio. Um intervalo em que fui poupado de me confrontar com a condição dela, um horror que apareceu de verdade no momento em que ela ficou grávida.

Eu não fui capaz de ver naquelas semanas e meses mais do que um desequilíbrio comum e esperado, um dia de nervosismo, um dia de alheamento, uma distância aparente que às vezes não quer dizer nada. Uma distância que passa logo, basta uma palavra de conforto. Basta olhar para a sua mulher, ela mudando a cada dia, e aos poucos dá para notar que ela é outra pessoa, não apenas no aspecto físico, não apenas porque muda o olfato, o paladar, e subitamente ela tem um ataque de desespero porque você faz um simples elogio. Eu digo *você está linda* e ela reage como se fosse a morte de alguém querido, uma dor que se soma ao pesadelo que está dentro dela e só vem à tona em detalhes quase escondidos, o fato de que se tranca no banheiro por muito tempo, de que os enjoos a fazem passar o dia todo deitada, de que eu saio de manhã e volto à noite e a encontro praticamente na mesma posição, e um dia ela chora e diz que não quer ver ninguém nunca mais, mas basta ter um pouco de paciência, basta deixar que ela ponha a angústia para fora, basta ser tudo o que se espera de um homem num contexto assim e a frustração que você não sabe de onde surge vai embora, e novamente parece que nada de importante aconteceu, e então você passa o resto da vida arrependido porque nenhum fato *mais que excepcional* fez o favor de se desenrolar perante você naqueles meses, um gesto, uma frase, uma fagulha de intuição que demonstrasse que aquilo estava além de qualquer espécie de normalidade, mesmo a mais bizarra, e você então faria soar o alarme, e um conluio de médicos e amigos e familiares criaria uma rede de proteção contra algo que só agora você pode saber o que era, o indizível e impensável que está a caminho, na sua frente, implorando para ser combatido por você, a única pessoa que está ali e tem poderes para tanto, um homem tão estudado, tão experiente à sua maneira, tão adequado ao papel que vai exercer pelos próximos anos, aquele que virou as costas e foi enganado da maneira mais tosca, aquele que pagará por si e pelos que vieram depois por tão inocentemente ter ignorado o óbvio.

ANDREIA

Eu entendo que meu pai se recuse a ver. Meu pai tem suas razões porque já sofreu demais. Ele tentou esconder os fatos de mim porque não queria que eu sofresse também, mas claro que foi um esforço inútil.

ROBERTO

Pelos próximos anos eu seria o homem que voltou para casa no dia em que Márcia fez o que fez. O homem que olhou para a própria filha e agradeceu por ela ainda ser um bebê. Por não precisar dar também a notícia a ela assim, de supetão, por ter tempo e calma suficientes para tentar fazê-la crescer sem precisar sofrer aquilo, um bebê que aprende a andar e falar sem nunca ter tido contato com o conceito de *mãe*, como se eu tivesse alguma chance de poupá-la de carregar para sempre esse estigma, porque o mundo dela ia ser assim, a creche, a escola, os amigos, os passeios, os esportes, os primeiros livros e as primeiras festas e as primeiras vezes em que ela incorporou aquelas fantasias de abandono e terror, a infância e a adolescência e o início da idade adulta tendo Márcia como um fantasma, é isso o que significaria a palavra *mãe*, a pessoa que havia ficado doente, porque é isso que você diz para uma criança, uma condição que ameniza qualquer pergunta, que tira de seus ombros a responsabilidade por ter de alinhar alguma causa para Márcia ter agido assim, de repente, aparentemente sem aviso, aparentemente sem pedir ajuda, aparentemente considerando que eu não seria capaz de salvá-la, então você precisa se defender de algum jeito, e foi assim que eu consegui levar a minha filha por todos esses anos, eu disse que antes de partir a mãe dela me chamou ao quarto, que era como um ritual, um anúncio de quem já está sem forças, de quem sabe que está indo embora não porque desejou, mas porque sucumbiu a um mal externo, que nada tem a ver com ninguém, então ela me chama ao quarto, a voz já bastante débil, e ela me pede que cuide da nossa filha porque a nossa filha é tudo para ela e continua sendo tudo para mim.

ANDREIA

Claro que eu fui descobrindo sobre a morte dela aos poucos, numa conversa ouvida aqui, num comentário ali. Não é isso o que estou discutindo agora, e sim o fato de que ninguém pode me tirar o direito de achar alguma coerência no que Sérgio Fontoura escreve. Este é o segredo do livro, algo que cai na sua vida de uma hora para outra e muda todos os sentidos, e faz você entender cada fato do passado com sinal invertido, tudo o que imaginei sobre a minha mãe desde que juntei as primeiras pontas desta história, como sempre pensei que pudessem ter sido os últimos meses dela, os meses decisivos que Sérgio Fontoura reproduz em detalhes, quase como se fosse um diário, ele anotando cada suspiro dela. De repente eu encontro uma chance de descobrir que os motivos da minha mãe não eram os que eu sempre acreditei que fossem. De repente surge a hipótese de ela não ter feito o que fez por minha causa, por não saber como lidar comigo dali para a frente, porque tudo o que ela queria naquele momento era se livrar de mim. O livro me fez ver que talvez houvesse outro motivo que não eu, a incapacidade dela de lidar comigo, o desconforto dela, o desespero que a fez preferir agir como agiu a ter de conviver comigo: algo mais que a gravidez, uma pessoa mais importante que a rejeição dela, o ódio dela por mim, uma pessoa que ela demorou tanto para escolher e que nunca se conformou de ter perdido.

MÁRCIA

Você precisava ver como Sérgio era no início. Dava até para se enganar com ele. Ele foi assistir a uma peça minha, nós tínhamos um conhecido comum, fomos apresentados na mesma noite.

ANDREIA

Às vezes você passa a vida inteira esperando encontrar alguém assim.

MÁRCIA

Eu sempre saio eufórica de uma apresentação. Não importa se estou cansada, se estou com gripe ou se de manhã acordei sem vontade de falar nem de comer nem de ver ninguém. Depois do espetáculo é como se a energia inteira do mundo tivesse voltado, então vou a um restaurante perto do teatro e peço uma taça de vinho e já no primeiro gole tudo começa a mudar, o ambiente, as pessoas, eu no momento mais vulnerável, nenhuma oportunidade maior para que acredite no que Sérgio tem a dizer.

ANDREIA

Você passa anos esperando que alguém assim seja diferente, que fale algo diferente do que você está acostumada a ouvir.

MÁRCIA

Ele perguntou sobre a peça, sobre a minha carreira, a minha família e os meus amigos e as coisas que eu tinha feito naqueles anos todos. Ele perguntou como eu decorava um texto, o que eu comia no dia da apresentação, se eu fazia exercícios de voz e alongamentos e se enxergava a plateia ou pensava que alguém conhecido tinha vindo especialmente me ver. Acho que nunca mais ele fez tantas perguntas como naquela noite. Ele nunca mais demonstrou tanto interesse como naqueles minutos em que fiquei avaliando se devia ou não dar conversa para ele. Alguém tem noção do significado disso? De que por alguns minutos eu pude decidir se ele entraria ou não na minha vida?

ANDREIA

São anos e anos em que todos não fazem outra coisa senão acusar você. Está nos olhos deles, na atitude. Todos não fazem mais que insinuar que você é culpada por nada ter dado certo ao seu redor, por ter crescido numa casa vazia e sem vida, a casa em que sua mãe não quis viver, e então de repente surge alguém que desmente isso, e você não vai acreditar nessa pessoa?

MÁRCIA

Eu podia ter dito para Sérgio não brincar comigo, para tomar cuidado com o que estava fazendo. Mas eu nunca penso nessas coisas. Nessas horas eu sempre caio no mesmo engano. Eu tinha pouco tempo, um minuto mais de conversa, ele sorrindo enquanto falava, o tipo de sorriso que um homem sempre está disposto a dar numa noite assim, e no instante seguinte eu já estou acreditando nele. É um estalo e eu já estou perdida, a primeira vez que saímos apenas os dois, ele fazendo novas perguntas, contando novas histórias, a primeira vez que ele segurou na minha mão e me puxou para perto dele, na porta da minha casa, esperando que eu o convidasse para entrar, a primeira vez que acordei ao lado dele e fiquei olhando a maneira como ele se mexia, o corpo dele, a cor da pele, o jeito como ele respirava, eu lembro que passava a mão devagar porque não sabia ainda se o sono dele era leve ou não, se ele acordava de bom humor ou não, se ele continuaria me tratando com gentileza e repetiria o que tinha dito na noite anterior, as promessas de Sérgio, os presentes que ele dava para mim, o discurso dele sobre como eu era importante e como ele sentia saudades quando eu estava longe, como ele contava os minutos para que eu voltasse, alguém cuidando de mim, alguém que não me deixaria fazer nada de errado, alguém para quem se podia olhar e não ver nada além da boa vontade e da sorte e da sensação de que o tempo havia parado de repente.

No início não havia nada de revistas, de Roberto, e eu não sei dizer em que momento começou a ficar tão óbvio, o dia em que o tom de voz dele parece diferente, em que ele olha para mim de forma diferente, em que ele me toca de forma diferente, eu percebo que ele começa a se retrair e a se afastar e no início eu não consigo dizer nada, é como se eu precisasse ter certeza de algo que está ali na minha frente, e quando me dou conta Sérgio é só mais um desses maridos que vão trabalhar e chegam tarde porque se entediam por estar sempre com a mesma pessoa, um tédio que toma conta da casa, e tudo fica pequeno e aborrecido pela expressão que ele faz quando estou com ele, o desgosto dele, o desprezo dele, o nojo que ele não faz mais questão de disfarçar, e é então que a doença dele vem à tona e ele descobre que só pode se interessar por mim se eu satisfizer a crueldade dele.

Não lembro a época em que comecei a virar o que sou agora, e essas coisas todas se confundem no tempo, não posso dizer se eu já trazia isso de criança, de quando fiquei mais velha, se já estava dentro de mim esperando apenas que alguém como Sérgio fizesse isso aparecer. Ninguém é melhor nisso que Sérgio. Ninguém nasceu para isso como ele. Eu acho que ele percebeu na primeira vez em que me viu, eu pronta para fazer o papel, me oferecendo, e quanto mais eu queria atenção mais ele se afastava, mais eu ficava sozinha, mais eu estava perdida, e de repente o objetivo da minha vida passa a ser apenas este, reverter o fato de que ele estava desistindo de mim. Eu não conseguiria lidar com isso, então eu precisava arrancar uma reação dele. Era a única maneira de eu perceber que ele se importava. Que ainda havia alguma ligação, algum traço humano naquele casamento. Eu não preciso dizer como era humilhante passar aquelas noites sem fim, nós dois no pronto-socorro depois das brigas, eu rouca de tanto gritar, tremendo de frio, exausta por ter passado a madrugada assim, por tê-lo provocado e aguentado a fúria dele só para lá no final ter a recompensa, a única que me restava, o momento em que eu quase não podia acreditar no que via, a solidariedade de Sérgio porque eu estava lanhada, torcida, quebrada, um animal com os pedaços servidos numa bandeja, o arrependimento dele, e você não tem ideia do que era ver Sérgio pálido e trêmulo e por um segundo envolvido, um instante que tinha o poder de me deixar atônita, ele está olhando para mim novamente e se importa comigo novamente e lá no fundo quem sabe ainda gosta de mim.

SÉRGIO

Nessas horas eu tinha consciência do que ela era, Márcia finalmente exposta, o desastre que foi para a minha vida ter cruzado com alguém assim. No corredor do pronto-socorro só me restava lamentar por isso, um arrependimento que ao mesmo tempo era também piedade por Márcia se prestar a isso, e continuar do meu lado a despeito disso, e por enxergar em mim algo mais do que o monstro que perguntava ao médico se estava tudo bem. Eu a levava de volta sem dizer uma palavra. Você não tem ideia do que é dirigir tendo ao seu lado uma pessoa com pontos na testa, e estou falando desta forma trágica de lealdade, Márcia indo para casa sem nem por um segundo ter pensado em me deixar. Eu ficava me perguntando, por que ela não vai embora? Por que ela não me denuncia à polícia? O que eu precisarei fazer para ela tomar uma atitude? Eu poderia cortar os seus dois braços, e ela continuaria ali. Eu poderia levar aquilo por anos, mesmo depois do seu nascimento, ela dando um jeito para que Roberto nunca percebesse nada, eu terminando de vez com a saúde dela, rebaixando-a de vez a nada, e ainda assim teria Márcia à disposição. Ainda assim ela me olharia achando que eu não era apenas aquilo. Que podia haver algo de puro por baixo daquilo. Algo que se confundia com o grau de insanidade daquilo, mas que teria força para sobreviver aos anos não como ódio, como mágoa, como desprezo, como culpa, como pena, como um imenso mal-estar que não deixou nada ir adiante na minha vida posterior ao dia em que vi Márcia pela última vez, mas como a única coisa que pode unir duas pessoas de maneira tão intensa.

ANDREIA

Porque este é o final do livro, e é incrível como agora eu imagino de outra forma aquele período.

SÉRGIO

Algo que se espalha por cada minuto dos dias em que a ausência dela se torna mais forte do que qualquer lembrança, e até os piores momentos passam a ter outro registro, e os meses passam e toda a sua intransigência se torna uma nostalgia ainda mais danosa, a saudade de algo que você sabe que não tem virtude, não tem futuro, não é saudável, não vai aliviar você de saber que a partir de agora Márcia é um nome vinculado apenas ao que se foi, a última vez que falei com ela, nossa última briga há dois dias, um semestre, uma década, e logo o tempo em que ela está longe se torna maior do que o tempo em que os dois tiveram contato, uma distância que aumenta na proporção em que deforma qualquer sentimento de rancor, e que tem o poder de transformá-lo num fantasma, e pelo resto dos anos você vive a angústia de se ver de novo naquele último encontro, a noite da briga por causa da clínica, quando cada fala e gesto vira uma sentença, eu determinando o que seriam os últimos meses dela, eu a entregando ao próprio terror sem nunca ter cogitado a hipótese de que pudesse haver outra saída, de que ela talvez tivesse ido até o meu apartamento com uma intenção diversa, a esperança de começar de outra forma, em outros termos, como se os dois pudéssemos ser outras pessoas em outra época e em outro mundo.

ANDREIA

Como se não houvesse mais brigas e desespero, e na manhã seguinte ele pudesse estar junto a ela. Ele vendo a minha mãe no primeiro e no segundo e no terceiro mês, e a cada dia há uma novidade, eu já li muito sobre isto, eu passei anos quase que decorando os livros que falavam sobre isto, as bochechas e a pele e a barriga da mulher, os chutes que um bebê começa a dar repentinamente, e aos poucos não é mais possível ir a lugar nenhum sem que as pessoas reparem e perguntem e deixem transparecer sua impressão de que não há no mundo alguém que tenha tanta sorte. Eu sei que não devia pensar nisso, e daqui a algum tempo vou esquecer, sem dúvida, e voltar para a minha vida, não tenho a menor dúvida, mas às vezes é difícil não imaginar outro destino para Sérgio, uma decisão diferente que ele teria tomado na noite da última briga, uma chance para aquilo que no fundo ele também sentia por ela, e então não haveria livro e não haveria escândalo e talvez ainda hoje a minha mãe estivesse viva.

SÉRGIO

E nós esperaríamos o dia, e sairíamos de casa com pressa, e os segundos seriam preciosos no elevador e nas ruas que estariam congestionadas até que eu conseguisse abrir caminho buzinando, eu diferente do que sou, falando diferente de como falo, pensando diferente de como penso, e a cidade atrás do vidro como que conspira para que tudo seja mesmo diferente, as casas e as lojas e os bairros, os motoristas e os pedestres, as placas e as árvores, os velhos e as crianças, as cores e os cheiros, o mundo que agora parece convergir para que eu e Márcia cheguemos ao hospital, desta vez à luz do sol, com a melhor das intenções e o melhor dos motivos, eu abrindo a porta e ajudando a botá-la na maca, a enfermeira também tem pressa, é apenas questão de tempo para que eu entre na sala com Márcia vestindo a roupa que me é dada e ficando ao lado dela assim, segurando a sua mão, pensando na minha vida e na vida dela e em como tudo vai se iluminar agora.

MÁRCIA

E então eu também não penso na última briga. Em como eu estava vulnerável naquela noite. Bastava Sérgio ter falado da clínica e as coisas teriam sido diferentes. Bastava ele ter dito esta palavra, *clínica*, e tudo teria desmoronado. Posso até imaginar como eu passaria os meses seguintes, ninguém presta atenção no meu pedido de ajuda, uma outra pessoa crescendo dentro de mim como o resultado disso, uma agonia que eu preciso levar adiante nos exames, lendo aqueles panfletos de consultório, nas conversas de quem me dá parabéns e não entende este pesadelo que não passa, o resultado do que fiz porque não conseguia olhar para mim mesma e ver algo mais que um resto, a consciência de como meu corpo é frágil e de como é fácil machucar esse corpo, um instinto ao contrário que toma conta do universo até que eu não consiga segurar garfo e faca e alguém precise me ajudar para que eu levante da cama e me mantenha sobre as duas pernas, um passo de cada vez, respiração, fala, toque, um doente que não sabe mais tomar banho e pentear o cabelo e responder quando perguntam o que houve e o que falta e por que nunca mais vou deixar de me sentir exausta e vazia.

Mas Sérgio não fala da clínica. Ele se comporta como eu imaginei. Ele ouve a notícia da gravidez e não diz nada, apenas põe a mão sobre a minha barriga, e era como se ele fosse um desses homens que existem aos montes por aí, um homem comum que reage de forma comum a uma notícia que no fundo é comum, Sérgio e eu vivendo um milagre agora, eu me sentindo protegida por ele, decidida a me proteger também, e o que está dentro de mim agora tem um caráter exclusivamente benigno, eu sinto a sua presença como um grão, uma gota d'água que vai crescer e mudar a vida de todos nós. Ninguém nota nada quando olha para mim, ninguém enxerga por baixo do que aparento, do que aprendi a ser, o espectro de alguém que não olha para o lado e não lembra a todo momento de como foi salva naquela noite, Sérgio tão feliz ao saber, Sérgio me dando um abraço, me botando no colo, satisfeito por estar comigo nos meses seguintes, nós dois esperando pelo dia em que ele estaria naquela sala branca, eu já na maca, de olhos fechados, agora sinto a mão de Sérgio que me levará para onde quiser, ele muito próximo dizendo que tudo vai dar certo, e então o médico chega, e põe luvas e máscara também, e é como num desses filmes em que alguém pede lençóis limpos e uma bacia de água quente, e é tão estranho saber que estou ali, a um passo do momento único, quando vou fazer força e me debater e desmaiar e nascer de novo um segundo antes de surgir a última voz, a única que falta nesta história, a única que faz diferença, Andreia, e é então que todos ouvem o seu choro pela primeira vez.

Nota

O conto citado pelo personagem Sérgio à página 22 é "B.E. nº 46 07-97 – Nutley NJ", da coletânea *Breves entrevistas com homens hediondos*, de David Foster Wallace.

A passagem em que o personagem Roberto fala de "casos típicos", referindo-se ao tema do suicídio, reproduz exemplos do livro *O demônio do meio-dia*, de Andrew Solomon.

Em sua temática, linguagem e estrutura, é possível que este romance deva algo a *Enquanto agonizo*, de William Faulkner; *A caixa-preta*, de Amós Oz; e *A chave*, de Junichiro Tanizaki (neste último caso, também em relação a um episódio específico, o da gaveta trancada).

ESTA OBRA FOI COMPOSTA PELA SPRESS EM ELECTRA E IMPRESSA EM OFSETE PELA
PROL EDITORA GRÁFICA SOBRE PAPEL PÓLEN BOLD DA SUZANO PAPEL E CELULOSE
PARA A EDITORA SCHWARCZ EM ABRIL DE 2009